Capítulo 1

DALE con fuerza! Ya estás escaqueándote como siempre mientras yo hago todo el esfuerzo.

Sakis Pantelides metió los remos en el agua mientras disfrutaba de la tensión del cuerpo.

–Deja de quejarte. No tengo la culpa de que te sientas tan viejo.

Sakis sonrió. Solo era dos años y medio menor que Ari, pero sabía que le fastidiaba que se lo recordara y no perdía la ocasión de provocarlo.

–No te preocupes, Theo te sustituirá la próxima vez y no tendrás que esforzarte –siguió Sakis.

–Theo estará tan preocupado en presumir de músculos con las regatistas que no podrá remar –replicó Ari con ironía–. No consigo entender cómo pudo dejar de presumir el tiempo suficiente para ganar cinco campeonatos del mundo.

–Sí, siempre le importaron más las mujeres y su físico que cualquier otra cosa –añadió Sakis.

Remó sincronizado con su hermano mientras cruzaban el lago que usaba el club de remo a unos kilómetros de Londres y sonrió por la sensación de tranquilidad que se apoderó de él. Hacía mucho tiempo que no iba por allí y que no estaba así con sus hermanos. Tenían que dirigir las tres secciones de Pantelides Inc. y no habían encontrado tiempo para reunirse. Naturalmente, no había durado mucho. Theo ya había salido hacia Río de Janeiro en el avión de Pantelides para lidiar con una crisis de la multinacional. Aunque quizá fuese por otro motivo... Su hermano era capaz de volar a miles de kilómetros para cenar con una mujer hermosa.

–Si descubro que nos ha dejado por unas faldas, le confiscaré el avión durante un mes.

–Me temo que te juegas el cuello si te metes entre Theo y una mujer –Ari resopló–. Hablando de mujeres, observo que la tuya ha conseguido apartarse un segundo de su ordenador portátil...

Él consiguió seguir remando a pesar de la descarga eléctrica que sintió en el cuerpo y miró hacia donde Ari tenía clavados los ojos.

–Dejemos una cosa muy clara, ella no es mi mujer.

Brianna Moneypenny, su asistente, estaba al lado del coche. Eso ya era una sorpresa porque ella prefería quedarse pegada al ordenador de la limusina cuando él no estaba. Sin embargo, lo que lo dejó atónito no era la expresión de eficiencia fría y profesional que no la había abandonado desde hacía año y medio. Ese día parecía...

–¿No me dirás que ya ha sucumbido? –preguntó Ari en un tono entre burlón y resignado.

Sakis frunció el ceño con una incomodidad que se mezclaba con unos sentimientos que se negaba a reconocer. Había aprendido que manifestar los sentimientos podía dejar cicatrices incurables. Además, ya había probado el cóctel casi letal que formaban el trabajo y el placer.

–Cierra el pico, Ari.

–Estoy preocupado, hermano. Está a punto de lanzarse al agua. Mejor dicho, de lanzarse sobre ti. Por favor, dime que no te has vuelto loco y te has acostado con ella.

Sakis miró a Moneypenny e intentó adivinar lo que pasaba a pesar de la distancia.

–No sé qué me parece más molesto, si tu malsano interés por mi vida sexual o que puedas seguir remando mientras te portas como un inquisidor –murmuró él distraídamente.

En cuanto a la relación física con Moneypenny, si su libido se empeñaba en elegir los momentos menos adecuados, como ese, para recordarle que era un hombre de sangre ardiente, no pensaba hacerle caso, como llevaba haciendo año y medio. Ya había perdido demasiado tiempo quitándose de encima a las mujeres. Remó con fuerza y con ganas de terminar, aunque no dejó de mirar a Moneypenny y su actitud rígida hizo que sonaran todas las alarmas.

–Entonces, ¿no hay nada entre vosotros? –insistió Ari.

Dio una última palada y notó que el fondo de la embarcación chocaba con el embarcadero.

–Si estás pensando en robármela, Ari, olvídate. Es la mejor asistente que he tenido y cualquiera que sea una amenaza perderá una parte de su cuerpo, dos si es de la familia.

–Cálmate, hermano. No estaba pensando en robártela. Además, oírte hablar así de ella ya me indica que has perdido la cabeza.

–Que reconozca el talento no quiere decir que haya perdido la cabeza. Tiene más cerebro en su dedo meñique que todos mis asistentes anteriores juntos y es como un perro de presa cuando tiene que organizarme el trabajo. Es todo lo que necesito.

–¿Seguro que es todo? Capto cierta veneración en tu tono...

Ari recogió los remos y Sakis se quedó paralizado, hasta que se dio cuenta de que Ari estaba tomándole el pelo.

–Ten cuidado. Todavía te debo una cicatriz por la que me hiciste con tu imprudencia.

Sakis se acarició la cicatriz que tenía en la ceja derecha, la que le hizo Ari con un remo cuando eran unos adolescentes.

–Alguien tenía que bajarte los humos para que dejaras de creer que eras el hermano más guapo.

Ari sonrió y Sakis se acordó de lo despreocupado que había sido su hermano antes de que la tragedia se cebara despiadadamente con él.

–Tu perro de presa se acerca –comentó Ari mirando detrás de Sakis–. Creo que va a ladrar.

Sakis dejó los remos al lado de la piragua y vio que Brianna estaba en lo alto del embarcadero con los brazos cruzados y la mirada clavada en él. Su rostro tenía una expresión que no le había visto nunca y tenía una toalla en una mano.

–Pasa algo –comentó Sakis con el ceño fruncido–. Tengo que irme.

–¿Te lo ha comunicado por telepatía o estáis tan sintonizados que lo sabes solo con mirarla?

–Ari, de verdad, corta el rollo.

Sakis frunció más el ceño cuando ella se dirigió hacia él, algo que no hacía nunca. Sabía que no podía molestarlo cuando estaba con sus hermanos. Sabía cuál era su sitio y nunca lo olvidaba. Él también empezó a dirigirse hacia ella.

–¿Qué pasa? –preguntó Sakis parándose cuando llegó a la altura de su asistente.

La vio dudar por primera vez desde que hizo la entrevista para solicitar el empleo.

–Suéltalo, Moneypenny.

Ella tenía los labios levísimamente apretados, pero él lo vio. También era la primera vez. Nunca le había visto un indicio de angustia. Moneypenny le tendió la toalla en silencio. Él la agarró más para que dijera algo que para secarse el cuerpo sudoroso.

–Señor Pantelides, tenemos un percance.

–¿Qué percance? –preguntó él apretando los dientes.

–Uno de sus petroleros, el Pantelides Six, ha encallado en Point Noire.

Sakis tragó saliva y se quedó helado a pesar del calor de verano.

–¿Cuándo pasó?

–Recibí una llamada de la tripulación hace... cinco minutos –contestó ella con nerviosismo.

–¿Pasa algo más? –preguntó él con un miedo creciente.

–Sí. El capitán y dos miembros de la tripulación han desaparecido y...

–¿Y?

–El petrolero ha chocado contra unas rocas y está derramando crudo por el Atlántico Sur a un ritmo de sesenta barriles por minuto.

Brianna nunca olvidaría lo que pasó después. Aparentemente, Sakis Pantelides siguió siendo el magnate del petróleo tranquilo y controlado con el que había trabajado durante año y medio, pero no habría llegado a ser indispensable para él si no hubiese aprendido a leer entre líneas. Los dientes apretados y su forma de agarrar la toalla le indicaron cuánto le había afectado la noticia. También vio que Arion Pantelides, detrás de Sakis, dejaba de hacer lo que estaba haciendo. Algo de su expresión debía de haberla delatado porque el hermano mayor estaba acercándose e ellos. Era tan imponente e impresionante como su hermano menor, pero si bien la mirada de Sakis era penetrante como un rayo láser e irradiaba una inteligencia casi letal, la de Arion era atormentada y transmitía un hastío muy profundo.

–¿Sabemos el motivo del accidente? –preguntó Sakis sin alterarse.

–No. El capitán no contesta el móvil. No hemos podido ponernos en contacto con el buque desde la primera llamada. Los guardacostas congoleños están dirigiéndose hacia allí. Les he pedido que me llamen en cuanto lleguen –lo siguió mientras él se dirigía hacia el coche–. El equipo de emergencia está preparado para volar hacia allí en cuanto usted lo ordene.

Arion Pantelides los alcanzó antes de que llegaran a la limusina y detuvo a su hermano con una mano en el hombro.

–¿Qué ha pasado, Sakis?

Sakis se lo contó en cuatro palabras y Arion la miró.

–¿Sabemos los nombres de los tripulantes desaparecidos?

–He enviado un correo electrónico con la lista de la tripulación a sus teléfonos y al de Theo. También he adjuntado una relación de los ministros con los que tendremos que tratar para no herir susceptibilidades y he concertado llamadas a todos ellos.

Algo vibró en sus ojos antes de que mirara a su hermano. Arion sonrió ligeramente cuando Sakis arqueó las cejas.

–Me ocuparé de todo lo que pueda desde aquí. Hablaremos dentro de una hora.

Arion dio una palmada tranquilizadora a su hermano y se marchó. Sakis se volvió hacia ella.

–Tengo que hablar con el presidente.

–Tengo avisado a su jefe de gabinete. Le pondrá en contacto cuando esté preparado.

Ella lo miró al pecho, pero desvió la mirada inmediatamente y retrocedió un paso para alejarse del olor a sudor que emanaba su piel olivácea.

–Tiene que cambiarse. Le traeré ropa limpia.

Se dirigió hacia el maletero del coche y oyó la cremallera del traje para remar. No se dio la vuelta porque ya lo había visto todo, o, al menos, eso era lo que se decía a sí misma. Naturalmente, no lo había visto completamente desnudo, pero su trabajo era de veinticuatro horas al día y cuando un magnate poderoso solo la veía como una autómata eficiente y sin sexo, quedaba expuesta a distintos aspectos de su vida y distintos grados de desnudez. La primera vez que se desvistió delante de ella se lo tomó como lo más natural del mundo y había tenido que aprender a tomarse así casi todo. Sentir algo, conceder lo más mínimo a los sentimientos, era abocarse al desastre. Había aprendido a endurecer el corazón para no hundirse bajo el peso de la desesperanza, y no estaba dispuesta a hundirse...

Se apartó del maletero con una camisa azul y un traje gris de Armani en una mano y una corbata en la otra. Se lo entregó mirando hacia el lago y volvió para recoger los calcetines y los zapatos de cuero. No necesitaba ver sus hombros moldeados tras años de remero profesional y ganador de campeonatos ni el pecho musculoso con una hilera de vello que descendía hasta la estrecha cintura y desaparecía debajo de los calzoncillos. No necesitaba ver esos poderosos muslos que parecía que podían machacar a un contrincante imprudente o acorralar a una mujer contra una pared, si ella quería, pero, sobre todo, no necesitaba ver esos calzoncillos de algodón negro que a duras penas contenían su...

Oyó el zumbido de una llamada en el teléfono de la limusina y se metió en el coche. Vio por el rabillo del ojo que Sakis se ponía los pantalones. Le entregó en silencio las prendas que quedaban y contestó el teléfono.

–Naviera Pantelides –dijo mientras tomaba su tableta electrónica.

Escuchó tranquilamente mientras tecleaba para aumentar la lista infinita de asuntos pendientes. Cuando Sakis se sentó a su lado impecablemente vestido, iba por el quinto asunto. Se detuvo el tiempo justo para ponerse el cinturón de seguridad y siguió tecleando.

–En este momento, no tenemos nada que decir. Ninguna agencia de noticias tendrá una exclusiva –dijo ella mientras Sakis se ponía rígido–. La Naviera Pantelides publicará un comunicado de prensa dentro de una hora en la página web de la empresa. Si tienen más preguntas después, pónganse en contacto con nuestra oficina de prensa.

–¿Prensa sensacionalista o general? –preguntó él cuando ella colgó.

–General. Quieren confirmar lo que han oído.

Volvió a sonar el teléfono y no le hizo caso cuando vio que era otro periódico. Sakis tenía que hacer llamadas más apremiantes. Le entregó los auriculares conectados a la llamada que llevaba diez minutos en espera. Los dedos se rozaron y el pulso de le paró un instante, pero era otra de esas cosas que se tomaba como lo más natural del mundo.

Su voz profunda rezumaba autoridad y seguridad en sí mismo. También delataba levísimamente su origen griego, pero ella sabía que hablaba el idioma de su madre con la misma eficiencia y naturalidad con la que dirigía la sección de compraventa de petróleo de la Naviera Pantelides, la milmillonaria multinacional de su familia.

–Señor presidente, por favor, permítame que le exprese mi consternación por la situación en la que nos encontramos. Naturalmente, mi empresa asume toda la responsabilidad por el incidente y hará todo lo que pueda para que los daños económicos y ecológicos sean mínimos. Efectivamente, tengo un equipo de cincuenta hombres especialistas en investigación y limpieza que se dirige hacia allí. Valorarán lo que hay que hacer y... Efectivamente, estoy de acuerdo. Llegaré al lugar del accidente en un plazo de doce horas.

Los dedos de Brianna volaban por el teclado mientras tomaba notas y cuando Sakis cortó la llamada, ya tenía el avión privado preparado. Entonces, el teléfono volvió a sonar.

–¿Quiere que conteste? –preguntó ella.

–No. Yo soy el director de la empresa –la miró con unos ojos irresistibles que la cautivaron–. Esto va a empeorar mucho antes de que mejore. ¿Podrá resistirlo, señorita Moneypenny?

Tomó aliento y recordó la promesa que se había hecho hacía dos años en una habitación fría y oscura. No estaba dispuesta a hundirse. Tragó saliva y se puso muy recta.

–Sí, podré resistirlo, señor Pantelides.

Los ojos verdes como el musgo se clavaron en ella un instante, hasta que descolgó el teléfono.

–Pantelides...

Llegaron a las torres Pantelides, le entregaron las maletas al piloto del helicóptero y tomaron el ascensor que los llevaría al helipuerto de las torres. Los dos sabían claramente lo que les esperaba. No se podía hacer nada para evitar que el crudo se derramara hasta que llegara el equipo de limpieza y entrara en acción. Sin embargo, cuando lo miraba, ella sabía que la tensión en el rostro de Sakis no se debía solo al desastre. También se sentía golpeado por lo inesperado. Sakis no soportaba las sorpresas y por eso siempre se anticipaba a sus oponentes en una docena de movimientos, para que no lo sorprendieran. Cosa que no le extrañaba después de haber sabido algo sobre su pasado. La bomba que su padre dejó caer en la familia cuando Sakis era un adolescente todavía era carnaza para los periodistas. Ella no sabía toda la historia, pero sí sabía lo suficiente como para entender que Sakis no quisiera que la empresa fuese el centro de atención. El teléfono sonó otra vez.

–No, señora Lowell, lo siento, pero no hay noticias –su voz era firme, pero lo suficientemente serena como para tranquilizar a la esposa del capitán–. Sigue desaparecido, pero esté tranquila, por favor. Le doy mi palabra de que la llamaré personalmente en cuanto sepa algo.

Él colgó y apretó los dientes.

–¿Cuánto tiempo falta para que llegue el equipo de rescate?

–Noventa minutos –contestó ella mirando el reloj.

–Contrate otro equipo. No quiero que pasen nada por alto porque están agotados y tienen que trabajar veinticuatro horas hasta que encuentren a los desaparecidos. Hágalo, Moneypenny.

–Sí, claro.

Se abrieron las puertas del ascensor y estuvo a punto de tambalearse cuando él le puso una mano en la espalda para que saliera por delante. No la había tocado desde que trabajaba para él. Hizo un esfuerzo para no reaccionar y lo miró. Estaba serio y con el ceño fruncido por la concentración mientras la guiaba hacia el helicóptero. Bajó la mano unos metros antes de llegar, esperó a que el piloto la ayudara a acomodarse y se sentó a su lado. Volvió a hablar por teléfono antes de que despegaran. Esa vez, con Theo. La conversación en griego era incomprensible para ella, pero, aun así, se quedó fascinada con el sonoro idioma y el hombre que lo hablaba. Él la miró y ella se dio cuenta de que había estado mirándolo fija y descaradamente. Desvió la atención hacia la tableta y la encendió. No había habido nada personal ni en el contacto de Sakis ni en su mirada, y ella tampoco había esperado que lo hubiese habido. Era siempre meticulosamente profesional y ella no esperaba o deseaba otra cosa de él. Había aprendido esa lección dolorosamente y todo porque se había permitido sentir, porque se había atrevido a relacionarse con otro ser humano después del infierno que había pasado con su madre. No corría el riesgo de olvidarse. Además, tenía ese tatuaje en el hombro para recordárselo.

Sakis apoyó la cabeza en el reposacabezas del asiento del avión. Enfrente, su asistente seguía aumentando la lista de asuntos que le había ido dictando desde que despegaron hacía cuatro horas. La miró. Su rostro era inexpresivo, como de costumbre, y sus dedos volaban por el teclado. El pelo rubio seguía recogido en el mismo moño impecable que llevaba esa mañana cuando llegó a trabajar a las seis en punto. Inconscientemente, la miró de arriba abajo y volvió a sentir que sus sentidos se avivaban. El traje negro y blanco era sobrio y los pendientes de perlas eran pequeños y sin pretensiones. Bajó la mirada por su cuello, sus hombros y el resto del cuerpo, como pocas veces se permitía hacer. La delicada curva de sus pechos, el abdomen plano y las piernas largas y bien torneadas hicieron que agarrara con fuerza el brazo del asiento.

Estaba en forma, aunque un poco delgada. A pesar de que trabajaba casi como una esclava, nunca se había retrasado o se había puesto enferma. Sabía que últimamente se quedaba cada vez más en el piso que tenían en las torres Pantelides en vez de volver a... A lo que ella considerara su casa. Volvió a dar gracias a ese dios que la había mandado.

Después de la experiencia infernal con Giselle, su anterior asistente, se había planteado seriamente que un robot se ocupase de sus actividades cotidianas. Cuando leyó el currículo de Brianna, se convenció a sí mismo de que era demasiado bueno para ser verdad. Solo pensó en ella cuando las demás candidatas mostraron en la entrevista que tenían otras intenciones, como acostarse con él en cuanto tuvieran la primera oportunidad. Según su currículo, Brianna Moneypenny tenía tantos talentos que le hizo preguntarse por qué no se la había quedado algún competidor. Nadie así de bueno podía estar sin empleo ni siquiera en ese momento económico. Se lo preguntó y la respuesta de ella fue muy sencilla.

–Usted es el mejor en lo que hace y yo quiero trabajar para el mejor.

Se sintió halagado, pero ella no bajó las pestañas con coquetería ni cruzó las piernas insinuantemente. Si acaso, le pareció desafiante. En ese momento, al acordarse, se dio cuenta de que esa fue la primera vez que sintió esa punzada en los sentidos que lo sacudía cuando la miraba a los ojos. Naturalmente, sofocaba esa sensación en cuanto aparecía. Los sentimientos no cabían ni en su vida ni en su trabajo. Lo que había buscado era una asistente que pudiera sortear cualquier situación que él le planteara. Moneypenny las había sorteado y seguía sorprendiéndolo cada dos por tres, algo excepcional para un hombre de su posición.

Se fijó por fin en sus pies y, para su pasmo, vio que tenía un tatuaje muy pequeño en el tobillo izquierdo. Era una estrella negra y azul del tamaño de su pulgar que desentonaba tanto con el resto de su aspecto formal que se preguntó si no estaría alucinando. No, efectivamente, era un tatuaje grabado en su piel inmaculada. Intrigado, volvió a mirar los dedos sobre el teclado y ella, como si lo hubiese notado, levantó la cabeza para mirarlo.

–Aterrizaremos dentro de tres horas –comentó él mirando el reloj–. Vamos a descansar un poco y lo retomaremos dentro de media hora.

Ella cerró el ordenador portátil, pero él se dio cuenta de que no desviaba la atención del aparato. Nunca desconectaba del trabajo y eso era algo que debería haberle agradado.

–He pedido que nos sirvan la comida dentro de cinco minutos. Puedo retrasarlo un poco si quiere repasar las biografías de las personas con las que tenemos que hablar cuando aterricemos.

Ella lo miró con los ojos azules fríos e inmutables y él volvió a mirarle el tobillo. Ella cruzó las piernas para taparse el tatuaje.

–¿Señor Pantelides...? –insistió ella.

Sakis tomó aliento lentamente para recuperar el dominio de sí mismo. Cuando volvió a mirarla a los ojos, el interés por el tatuaje había pasado a un segundo plano, pero no había desaparecido.

–Que la sirvan dentro de diez –contestó él–. Voy a darme una ducha rápida.

Se levantó y fue a uno de los dormitorios que había al fondo del avión. Una vez en la puerta, miró por encima del hombro y la vio con el intercomunicador en una mano mientras abría el ordenador portátil con la otra. Su asistente era supereficiente y superprofesional, como le había explicado a Ari y como ella había puesto en su etiqueta. Sin embargo, después de año y medio trabajando con ella, nunca se había molestado en mirar lo que había debajo de esa etiqueta.

Capítulo 2

TENGO que llegar al lugar del accidente en cuanto aterricemos –comentó Sakis mientras comía la hamburguesa que había preparado su chef.

–El ministro de Medio Ambiente quiere celebrar una reunión antes. He intentado posponerla, pero ha insistido. Creo que quiere hacerse la foto porque este año hay elecciones. Le he dicho que tendrá que ser una reunión muy corta.

Él masticó con rabia y entrecerró los ojos. Ella sabía el motivo. Sakis Pantelides detestaba con todas sus fuerzas la atención de la prensa desde que Alexandrou Pantelides llevó la humillación a su familia hacía dos décadas. La caída de los Pantelides se reflejó con toda su crudeza en todos los medios de comunicación.

–Tengo un helicóptero preparado para que lo lleve en cuanto haya terminado –añadió ella.

–Ocúpese de que sepan lo que yo entiendo como «muy corta». ¿Sabemos qué medios de comunicación están en el lugar del accidente?

Ella lo miró y los ojos verdes de él se clavaron en los de ella como si fuesen los de un halcón.

–Todas las cadenas importantes del mundo están allí. También hay un par de barcos de la Agencia de Protección del Medio Ambiente.

–No podemos hacer nada sobre la presencia de la agencia, pero cerciórese de que nuestro equipo de seguridad sabe que no pueden entrometerse en las tareas de salvamento y limpieza. Reducir la contaminación al mínimo y preservar la Naturaleza es otra de las prioridades.

–Lo sé y... tengo una idea.

Era un plan arriesgado y podía atraer la atención de la prensa más de lo que Sakis aceptaría, pero si podía sacarlo adelante, devolvería parte de la buena imagen a la Naviera Pantelides. También afianzaría su categoría de imprescindible para Sakis y ella, por fin, podría librarse de la sensación de que se hundía. A mucha gente podía parecerle superficial, pero, para ella, la seguridad laboral estaba por encima de todo. Después de todo lo que pasó de niña, cuando ingenuamente creía que su madre pondría su bienestar por encima de la siguiente dosis de droga, conservar el empleo y el pequeño piso en los Docklands lo significaba todo para ella. Todavía le obsesionaba el terror de no saber de dónde sacaría la comida ni cuándo le arrebatarían la vivienda. Después de la necia decisión de arriesgarse y del precio que había pagado, se había jurado que nunca más volvería a ser tan indefensa.

–Moneypenny, estoy esperando –dijo Sakis con cierta impaciencia.

–Mmm... Estaba pensando que podríamos aprovecharnos de los medios de comunicación y de las redes sociales. Ya se han puesto en marcha algunos blogs medioambientales y están comparando lo que está pasando con el incidente de hace unos años de otra empresa petrolífera. Tenemos que atajarlo antes de que se nos escape de las manos.

–No se parece ni remotamente –replicó él con el ceño fruncido–. Esto es un derramamiento superficial, no una fuga en un oleoducto en el fondo del mar.

–Pero...

–Me gustaría que la prensa se mantuviese al margen

todo lo posible –la interrumpió él con frialdad–. Las cosas suelen enredarse cuando interviene.

–Creo que es el momento ideal para ponerla de nuestro lado. Conozco algunos periodistas honrados. Quizá pudiéramos conseguir grandes resultados si trabajamos solo con ellos. Hemos reconocido que el error ha sido nuestro. Sin embargo, no todo el mundo tiene tiempo para comprobar los hechos y las conjeturas del público podrían perjudicarnos. Tenemos que tener abierta la línea de comunicación para que la gente sepa lo que está pasando en cada momento.

–¿Qué propone? –preguntó Sakis apartando el plato.

Ella empezó a teclear en el ordenador y buscó la página en la que había estado trabajando.

–He abierto un blog con cuentas en redes sociales.

Brianna giró la pantalla hacia él y contuvo la respiración.

–¿«Salvemos Point Noire»? –preguntó él.

Ella asintió con la cabeza.

–¿Cuál es el objetivo exactamente?

–Es una invitación a cualquiera que quiera participar voluntariamente, ya sea sobre el terreno o con ideas por internet.

–La Naviera Pantelides es responsable de esto y lo arreglaremos –replicó él.

–Sí, pero aislarnos podría perjudicarnos. Mire... –Brianna le señaló unas cifras en la pantalla–... nos extendemos por el mundo. La gente quiere participar.

–¿No lo tomarán como si pidiéramos ayuda gratis?

–No si les damos algo a cambio.

La miró con una intensidad que hizo que sintiera una oleada ardiente en el vientre, pero la sofocó inmediatamente.

–¿Qué es ese «algo»? –preguntó él.

–No lo he pensado todavía, pero estoy segura de que lo encontraré antes de que acabe el día.

Él siguió mirándola tanto tiempo que las entrañas se le revolvieron. Entonces, tomó el vaso de agua y dio un sorbo sin dejar de mirarla.

–Justo cuando creo que se ha quedado sin recursos, me sorprende otra vez...

No la desconcertó el murmullo lento y casi indolente, la desconcertó su mirada intensa con los ojos entrecerrados. Ella aguantó esa mirada aunque anhelaba mirar hacia otro lado. No quería que él, ni nadie, sintiera curiosidad por ella. Su pasado iba a seguir enterrado para siempre.

–Creo que no sé muy bien lo que quiere decir, señor Pantelides.

–Su plan es ingenioso –reconoció él mirando la pantalla–, pero si le encargo que lo lleve a cabo, ¿cómo conseguirá hacer la monumental tarea de estar al tanto de toda la información?

–Si me da el visto bueno, puedo formar un pequeño equipo en la sede central. Me remitirán la información más importante y yo me haré cargo.

–No. La necesito conmigo cuando lleguemos al lugar del accidente. No puedo permitirme que vaya constantemente a comprobar los correos electrónicos.

–Puedo pedir que me pongan al tanto cada tres horas –ella siguió precipitadamente cuando vio su mirada escéptica–. Usted ha dicho que era una gran idea. Al menos, déjeme intentarlo. Necesitamos ese flujo de información más que nunca y ganarnos a la gente no puede perjudicarnos. ¿Qué podemos perder?

–Le pondrán al tanto cada cuatro horas –concedió él al cabo de un minuto–, pero limpiar el derramamiento será nuestra prioridad.

–Naturalmente.

Ella fue a tomar el ordenador, pero él se inclinó, lo tomó antes y lo dejó al lado de su plato.

–Deje eso por el momento. No ha terminado de comer todavía.

Ella, sorprendida, miró su ensalada a medio terminar.

–Mmm... Creo que sí he terminado.

–Necesitará todas sus fuerzas para lo que se avecina. Coma –insistió él acercándole más el plato.

Ella tomó el tenedor mientras miraba la comida de él que seguía en su plato.

–¿Y usted?

–No se ofenda, pero tengo más energía que usted.

–No me ofendo en absoluto –replicó ella en un tono más cortante de lo que había querido.

–Su réplica contrasta con su tono, señorita Moneypenny. Estoy seguro de que una feminista radical me acusaría de sexista, pero lo necesita más que yo. No come casi nada.

–No sabía que se analizara mi dieta –insistió ella agarrando al tenedor con más fuerza.

–Es difícil pasar por alto que examina lo que come con una precisión casi militar. Si no fuese absurdo, pensaría que se somete a racionamiento.

Él volvió a entrecerrar los ojos y a ella se le alteró el pulso.

–Es posible que lo haga.

–Pues es peligroso dejar de comer por vanidad. Arriesga su salud y, por lo tanto, su capacidad para trabajar adecuadamente. Tiene la obligación de estar en forma para cumplir con su deber.

–No sé por qué, pero tengo la sensación de que estamos hablando de algo más que mi ensalada.

Él no replicó inmediatamente y su expresión hermética le indicó que no era un buen recuerdo. Parecía sereno, pero ella vio que la mano que sujetaba el vaso de agua temblaba ligeramente.

–No es fácil olvidar a alguien que se consume aunque está rodeado de abundancia.

–Lo siento... No quería avivar malos recuerdos. ¿Qué le...?

–Da igual –la interrumpió él señalando su plato–. No deje que su comida se desperdicie.

Brianna miró la comida que le quedaba e intentó conciliar el hombre aparentemente seguro de sí mismo que tenía enfrente con el de la mano temblorosa por un recuerdo turbador. Recordó aquel momento, durante la entrevista, cuando la miró con unos ojos verdes e implacables.

–Si quiere sobrevivir a este empleo, señorita Moneypenny, le aconsejo con todas mis fuerzas que no se enamore de mí.

Su reacción fue inmediata y recordaba con dolor lo ácida e hiriente que fue.

–Con todos mis respetos, señor Pantelides, estoy aquí por el sueldo. El conjunto de prestaciones no está mal tampoco, pero, sobre todo, me interesa la experiencia al nivel más alto. Que yo sepa, el amor nunca ha pagado las facturas ni las pagará.

Entonces quiso añadir que ya había pasado por eso, que lo había pagado y que podía demostrarlo con el tatuaje. En ese momento, quiso decirle que había soportado cosas peores que un estómago vacío, que sabía lo que era que su madre la amara menos que a las drogas, que había dormido como no se merecía ninguna niña y que había luchado todos los días para sobrevivir rodeada por toxicómanos despiadados. Se mordió la lengua. La curiosidad la corroía por dentro, pero no preguntó más para no tener que corresponder. Su pasado estaba enterrado y así iba a seguir. Terminó de comer y respiró aliviada cuando fueron a retirarles los platos.

Sonó el teléfono y contestó agradeciendo que el trabajo disipara esos momentos de intimidad.

–El capitán de los guardacostas está al teléfono.

Sakis la miró con un brillo de curiosidad en los ojos que desapareció lentamente mientras tomaba el teléfono. Ella contuvo un suspiro de alivio, agarró el ordenador y lo encendió.

Sakis se estremeció cuando vio el petrolero y tocó el hombro del piloto del helicóptero.

–Rodee el buque, por favor. Quiero hacerme una idea de los daños antes de aterrizar.

El piloto obedeció y él apretó los dientes al comprobar la gravedad del accidente. Luego, le indicó al piloto que aterrizara y se bajó del aparato en cuanto tocó tierra. Un grupo de periodistas sedientos de escándalos esperaba detrás de la zona acordonada. La idea de Moneypenny de ganárselos le desquiciaba, pero no descartaba la posibilidad de que tuviera razón. Sin embargo, no les hizo caso por el momento y se dirigió hacia el equipo de limpieza, que lo esperaba con unos monos amarillos y reflectantes.

–¿Cuál es la situación?

El jefe del equipo, un hombre fornido, de mediana edad y con el pelo algo canoso, se adelantó.

–Hemos conseguido entrar en el buque y hemos evaluado los daños con el equipo de investigación. Hay tres depósitos rotos y los demás no están afectados, pero cuanto más tiempo esté escorado el buque, más posibilidades hay de que se produzca otra fuga. Estamos trabajando para vaciar los depósitos con las bombas y para absorber el derramamiento.

–¿Cuánto tardará?

–Entre treinta y seis y cuarenta y ocho horas. Cuando llegue el otro equipo, trabajaremos las veinticuatro horas.

Sakis asintió con la cabeza, se dio la vuelta y vio que

Brianna salía de una de las tiendas de campaña que se habían instalado al fondo de la playa. Por un instante, no la identificó con su asistente, quien siempre iba inmaculadamente vestida. Naturalmente, el pelo seguía recogido en un moño impecable, pero se había puesto unos pantalones de faena, una camiseta blanca, que llevaba metida por dentro de los pantalones y resaltaba su esbelta cintura, y unas botas militares bastante desgastadas. Por segunda vez ese día, sintió esa atracción que había sofocado sin contemplaciones. La pasó por alto y se dirigió al hombre que tenía al lado.

–Anochecerá dentro de tres horas, ¿cuántas lanchas tiene buscando a los desaparecidos?

–Cuatro, incluidas las que usted ha mandado. Su helicóptero también está ayudando –el hombre se secó el sudor de la cara–. Sin embargo, lo que me preocupa es que haya piratas.

–¿Cree que han podido secuestrarlos? –preguntó él con angustia.

–No podemos descartarlo.

Brianna, que ya había llegado, abrió los ojos como platos, sacó la minitableta del bolsillo y empezó a teclear mordiéndose el labio inferior. Una chispa ardiente se abrió paso entre la ansiedad que le atenazaba las entrañas. Sakis volvió a sofocarla implacablemente.

–¿Qué pasa, Moneypenny? –le preguntó después de haber despedido al jefe del equipo.

–Lo siento –contestó ella sin mirarlo–, debería haber previsto los piratas...

Él le levantó la barbilla con un dedo, la miró a los ojos y vio la angustia reflejada en ellos.

–Para eso están aquí los investigadores. Además, ya ha tenido bastante trabajo durante las últimas horas. Lo que necesito es la lista de periodistas que me prometió. ¿Puede dármela?

Ella asintió con la cabeza y su piel sedosa le rozó el dedo. Retrocedió bruscamente, se dio la vuelta y se dirigió hacia la orilla con ella detrás. Desde el aire había calculado que el crudo se había extendido como seiscientos metros a lo largo de la costa. Observó la actividad frenética a lo largo de esa orilla que había sido cristalina y el remordimiento se adueñó de él. Fuera cual fuese el motivo del accidente, él tenía la culpa de que esas aguas fuesen negras y de que parte de la tripulación hubiese desaparecido. Lo subsanaría como fuera.

Entonces, el jefe del equipo de limpieza se acercó en una pequeña lancha y él se dirigió hacia allí. Brianna fue a seguirlo, pero él sacudió la cabeza.

–No, quédese aquí. Podría ser peligroso.

–Si va a subir al buque, necesitará que alguien tome notas y haga fotos.

–Solo quiero ver los daños desde dentro. Todo lo demás lo dejo en las manos de los investigadores. Además, si tengo que hacerlo, estoy seguro de que podré sacar algunas fotos. En cambio, no estoy seguro del estado del buque y no voy a arriesgarme a que le pase algo.

Él tendió una mano para que le entregara la cámara que llevaba al cuello. Ella pareció dispuesta a resistirse y el pecho le subió y bajó. Sakis tuvo que hacer un esfuerzo para no mirarlo mientras otro arrebato erótico le abrasaba las entrañas. Chasqueó los dedos con rabia.

–Si está seguro...

–Estoy seguro –la interrumpió él tajantemente.

Ella le entregó la cámara con la expresión de profesionalidad serena de siempre. Los dedos se rozaron y él, tomando aliento, se dio la vuelta para alejarse.

–¡Espere!

–¿Qué pasa, Moneypenny? –preguntó él con una aspereza que no pudo evitar.

Ella le mostró un mono amarillo que tenía en una mano.

–No puede subir al buque sin ponérselo. Lo exigen las normas de seguridad y sanitarias.

Pese a lo sombrío de la situación, él quiso reírse por su expresión inflexible.

–Entonces... Si lo exigen las normas...

Tomó la prenda de plástico, se la puso bajo la mirada vigilante de ella y la miró mientras se subía la cremallera. Estaba mordiéndose el labio inferior otra vez. Se guardó la cámara en el bolsillo impermeable y se adentró en las aguas manchadas de petróleo.

Una hora más tarde, el alma se le cayó a los pies al oír las palabras del investigador jefe.

–Me retiré hace diez años de pilotar petroleros como este y ya entonces los sistemas de navegación eran muy avanzados. Su buque tiene el mejor que he visto jamás. Es imposible que haya fallado. Tiene demasiados controles como para que se haya desviado tanto de su rumbo.

Sakis asintió sombríamente con la cabeza y sacó el móvil del bolsillo.

–Moneypenny, póngame con el jefe de seguridad. Quiero saberlo todo sobre Morgan Lowell... Sí, el capitán del buque. Y prepare un comunicado de prensa. Desgraciadamente, los investigadores están casi seguros de que ha sido un error del piloto.

Brianna repasó la página electrónica y se acercó a Sakis, quien estaba con el ministro de Medio Ambiente. Tenía el mono amarillo abierto hasta la cintura y podía ver la camiseta verde que se ceñía a su torso delgado y musculoso. Nunca se había imaginado que un hombre con un mono amarillo y tan feo pudiera parecerle... impresionante y turbador. Él se dio la vuelta, la miró de arriba abajo y ella tuvo que contener la respiración. Volvió a sentir la misma descarga eléctrica que sintió cuando sus dedos se rozaron. La pasó por alto. Estaban en unas circunstancias extremas y lo que sentía era la adrenalina producida por esos desdichados acontecimientos.

–¿Está preparado? –preguntó él.

Ella asintió con la cabeza y le pasó el comunicado de prensa y la lista de nombres que había solicitado. Él leyó el texto y le devolvió la tableta. Ella sabía que lo había memorizado entero.

–Iré a informar a los medios.

Brianna se dirigió hacia los periodistas que estaban detrás del cordón blanco.

–Buenas tardes, señoras y señores. Les explicaré lo que vamos a hacer. El señor Pantelides hará una declaración y luego, ustedes podrán hacer una pregunta cada uno –levantó una mano ante las protestas–. Entenderán que tardaríamos horas en contestar todas las preguntas que tienen preparadas y, sinceramente, no tenemos tiempo. En este momento, la prioridad es la operación de limpieza. Una pregunta cada uno, ¿de acuerdo?

Volvió a recuperar el dominio de sí misma mientras aguantaba la mirada del grupo. Eso estaba mejor. Ya no tenía esas sensaciones que la habían alterado desde que vio que Sakis le miraba el tatuaje en el avión, desde que la tocó en la playa y le dijo que no se preocupara por no haber previsto la posibilidad de que hubiese piratas. Esos momentos habían sido... enervantes. El ardor fugaz que captó en sus ojos la había desequilibrado. Cuando empezó su trabajo, hizo todo lo posible para esconder el tatuaje, pero cuando se dio cuenta de que él no se fijaba lo más mínimo en ella, se relajó. La sensación de tener sus ojos clavados en el tatuaje la había alterado y había tardado horas en reponerse, pero ya no iba a alterarse otra vez. Se jugaba demasiado. Miró a Sakis, quien la esperaba detrás de un atril improvisado, e hizo un gesto con la cabeza para que el equipo de seguridad dejara pasar a los medios. Se quedó junto al atril e intentó que la voz de él no la afectara. Su seguridad y autoridad mientras esbozaba las operaciones de limpieza y búsqueda de los tripulantes se contradecían con la tensión de su cuerpo. Tenía las manos a los costados y casi no movía los hombros mientras hablaba.

–¿Qué va a pasar con el petróleo que sigue en el buque? –preguntó un periodista.

–Vamos a donarlo al ejército y a los guardacostas por su generosa ayuda –él miró al ministro–. El ministro se ha ofrecido amablemente para coordinar la distribución.

–¿Va a regalar petróleo por valor de millones de dólares solo por bondad o intenta librarse con un soborno de la responsabilidad de su empresa, señor Pantelides?

Brianna contuvo la respiración, pero Sakis ni siquiera parpadeó ante la pregunta del periodista de una revista especialmente sensacionalista.

–Al contrario, como ya he dicho, mi empresa asume completamente la responsabilidad del accidente y está trabajando con el gobierno para subsanarlo. Ningún precio es demasiado elevado si se garantiza que la operación de limpieza es rápida y causa un daño mínimo a la vida marina. Para ello, hay que retirar el crudo que queda lo antes posible, hay que afianzar el buque y hay que remolcarlo. En vez de transferir el petróleo a otro buque de nuestra naviera, una operación que tardaría mucho tiempo, he decidido donarlo al Gobierno. Estoy seguro de que estará de acuerdo en que es lo mejor –él lo dijo sin alterarse, pero la contracción de las mandíbulas delataba su rabia–. Siguiente pregunta.

–¿Puede confirmarnos el motivo del accidente? Según ustedes, es uno de sus petroleros más modernos y tiene los sistemas de navegación más avanzados. ¿Qué ha pasado?

–Nuestros investigadores contestarán esa pregunta cuando hayan terminado su trabajo.

–¿Qué le dice su intuición?

–Cuando hay tanto en juego, me fio de los datos, no de la intuición.

–No es ningún secreto que los medios de comunicación le disgustan. ¿Va a aprovechar eso para intentar que la prensa no informe del accidente, señor Pantelides?

–No estarían aquí si fuese a hacerlo. Es más... –hizo una pausa y miró a Brianna antes de volver a mirar al grupo–... he elegido a cinco periodistas para que cubran en exclusiva todo el proceso.

Leyó los nombres y mientras los elegidos se felicitaban, los demás empezaron a gritar preguntas. Una se oyó por encima de las demás.

–Si su padre estuviese vivo, ¿cómo reaccionaría? ¿Intentaría librarse con dinero como hizo siempre con todo lo demás?

Brianna resopló con inquietud antes de que pudiera evitarlo. Se hizo el silencio y la pregunta quedó flotando en el aire. Sakis apretó los puños hasta que los nudillos se quedaron blancos. La necesidad de protegerlo se adueñó de ella y se tambaleó un poco. Él la miró de reojo y le indicó que se había dado cuenta.

–Tendrá que ir a la otra vida para preguntárselo a mi padre. No hablo en nombre de los muertos.

Sakis se bajó del atril y se quedó delante de ella, tapándole el sol con los hombros.

–¿Qué pasa? –le preguntó en un susurro implacable.

–Na... Nada. Todo va según lo previsto.

Ella intentó respirar tranquilamente, pero necesitaba recuperar el dominio de sí misma y buscó al auxilio de la minitableta. Sakis se la arrebató mirándola fijamente a los ojos.

–Esos buitres encontrarán otra carroña y nos dejarán hacer lo que hay que hacer.

A juzgar por su tono, la última pregunta no lo había afectado gran cosa, pero ella vio sus labios apretados y el dolor que intentaba contener reflejado en los ojos. El deseo de protegerlo volvió a adueñarse de ella, pero tragó saliva y tendió la mano para que le devolviera la tableta.

–Mo ocuparé de todo. Ha elegido los periodistas que cubrirán las operaciones y los demás tendrán que marcharse.

–¿Seguro que está bien? Está pálida. Espero que no le haya afectado el calor. ¿Ha comido algo?

–Estoy bien, señor Pantelides. Cuanto antes me libre de los medios, antes podremos seguir.

Él le entregó la tableta y ella, casi sin poder respirar, se alejó del imponente hombre que tenía delante. ¡No! ¡No podía estar sintiendo algo por su jefe! Aunque no la había despedido por mostrar el más leve sentimiento y falta de profesionalidad, no podía volver a derrumbarse así jamás. El tatuaje del tobillo le palpitaba y el otro, el que tenía en el hombro, le abrasaba como un recordatorio despiadado. Había pasado dos años en prisión por haber canalizado su necesidad de amor con el hombre equivocado y no iba a cometer el mismo error.

Capítulo 3

OBSERVÓ a Brianna que se alejaba con la espalda muy rígida y frunció más el ceño. Era la primera crisis que pasaban juntos, pero se había comportado ejemplarmente justo hasta que reaccionó a la pregunta del periodista, una pregunta que él tampoco había previsto aunque debería haberse imaginado que su padre saldría a relucir, que no permanecería enterrado después de haber rebajado a su familia de aquella manera. Sin embargo, se negaba a que el pasado lo persiguiera, ya no le afectaba. Después de lo que su padre hizo a su familia, sobre todo a su madre, se merecía que lo olvidaran completamente. Desgraciadamente, en momentos como ese, cuando la prensa creía que podía vislumbrar un escándalo, golpeaba con virulencia...

El ruido ensordecedor del aspirador gigante al ponerse en marcha le recordó que tenía que ocuparse de cosas más importantes que su asistente y el recuerdo de un fantasma. Volvió a cerrarse el mono y se acercó a la orilla negra y pringosa. A unos seiscientos metros, unas bombas enormes flotaban por el perímetro del agua contaminada para absorber el crudo derramado. Más cerca de la costa, en medio de la mancha, unos pulverizadores rociaban productos químicos inocuos para el ecosistema que disolvían el crudo en la medida de lo posible. Sonó el teléfono y reconoció el número de Theo en la pantalla.

–¿Qué está pasando, hermano? –le preguntó Theo.

Sakis le resumió la situación todo lo que pudo, pero

sin olvidarse de nada aunque sabía que hablar de secuestro reavivaría unos recuerdos dolorosos para su hermano.

–¿Puedo hacer algo desde aquí? –Theo lo preguntó en un tono algo frío por haber tenido que recordar su propio secuestro–. Puedo ponerte en contacto con la gente indicada si quieres. Me ocupé de averiguar quiénes son los contactos idóneos en una situación como esta.

Así era Theo. Seguía un problema hasta que tenía desmenuzados todos los supuestos posibles y luego buscaba la solución hasta encontrarla. Por eso cumplía a la perfección con su papel de localizador de problemas y soluciones en Pantelides Inc.

–Lo tenemos controlado.

Miró a Brianna, quien estaba sola después de haber dispersado a los periodistas y tecleaba en la tableta. Sintió una satisfacción enorme al comprobar que fuera lo que fuese lo que había alterado la eficiencia de su asistente, ya la había recuperado otra vez.

–Todo controlado –repitió Sakis para convencerse de que tenía los sentimientos controlados.

–Me alegro de oírlo. Mantenme informado.

Sakis cortó la llamada, subió a la barca con seis tripulantes y el aspirador e indicó al piloto que se pusiera en marcha. Durante las tres horas siguientes, mientras hubo luz, trabajó con la tripulación para aspirar todo el crudo que pudieron. Los periodistas autorizados, desde una lancha, filmaron la operación e, incluso, hicieron algunas preguntas inteligentes. Llegaron unos focos montados sobre trípodes en otras lanchas y siguió trabajando. Era casi medianoche cuando le avisaron de que iba a llegar el relevo y se incorporó en su puesto junto a la bomba. Se quedó helado.

–¿Puede saberse...?

–¿Cómo dice, señor? –le preguntó el jefe del equipo mirándolo fijamente.

Sakis, sin embargo, estaba mirando hacia una embarcación que estaba a unos quince metros a su izquierda y donde Brianna sujetaba la boquilla de un pulverizador con una expresión de angustia. Cuando llegó el equipo de relevo, Sakis se montó en el bote a motor y se dirigió hacia donde estaba trabajando Brianna. Ella cambió el ángulo de la boquilla para no rociarlo y su rostro recuperó inmediatamente la expresión serena de siempre. Fue como si la angustia que había vislumbrado antes hubiese sido un espejismo.

–¿Necesita algo, señor Pantelides?

–Deje la manguera y móntese –le ordenó él.

–¿Cómo dice? –preguntó ella apagando el pulverizador.

–Móntese aquí. Inmediatamente.

–No... No lo entiendo.

Ella lo miraba fijamente y parecía sinceramente desconcertada. Él vio que tenía una mancha de petróleo en la mejilla y que la camiseta estaba negra y pringosa, como el pantalón caqui de faena. Sin embargo, no tenía ni un pelo fuera de su sitio. Le intrigaba la mezcla de la suciedad, la eficiencia impecable y la angustia que había vislumbrado y eso lo irritaba todavía más.

–Es casi medianoche y debería haberse marchado hace mucho tiempo.

Maniobró el bote hasta que lo colocó justo debajo de donde estaba ella. Desde ese ángulo, podía ver perfectamente la redondez de sus pechos y la esbeltez de su cuello mientras lo miraba.

–Pero... He venido a trabajar, señor Pantelides. ¿Por qué debería haberme marchado?

–Porque no forma parte del equipo de limpieza y porque hasta ellos trabajan en turnos de seis horas. Además, eso... –Sakis señaló la manguera–... eso no entra en la descripción de su empleo.

–Sé cuál es la descripción de mi empleo, pero, aunque

resulte pedante, usted tampoco forma parte del equipo y aquí está.

Se quedó atónito. Nunca lo había replicado ni había mostrado indicios de ira femenina. Sin embargo, en los últimos minutos, había visto que su rostro y su voz se teñían con una emoción intensa y tuvo la sensación de que estaba muy disgustada. Un arrebato de placer masoquista se apoderó de él ante la idea de que había alterado a la inalterable señorita Moneypenny.

–Soy el jefe y puedo hacer lo que quiero –replicó él y esperando otra reacción airada.

Sin embargo, ella se limitó a encogerse de hombros.

–Naturalmente, pero si le preocupan la posibles responsabilidades, le diré que firmé una conformidad al subir a bordo y no tendrá ninguna responsabilidad si me pasa algo.

–Me da igual mi responsabilidad o la de la empresa –él volvió a enojarse–. Lo que no me da igual es que no pueda trabajar bien si no descansa. Lleva más de dieciocho horas levantada. Por eso, salvo que tenga unos superpoderes que desconozco, deje esa manguera y baje aquí.

Él tendió una mano sin pararse a analizar por qué sentía esa necesidad de cuidarla. Ella entregó la manguera a un hombre y lo miró.

–Muy bien. Usted gana.

Él volvió a captar un leve gesto de rebeldía en sus labios y se preguntó por qué le gustaba tanto. Estaba cansado, debía de estar alucinando, no podía estar pensando con claridad si tenía tantas ganas de alterar a su asistente.

Tenía la mano tendida, pero ella pasó las piernas por encima de la borda y bajó al bote. El bote se balanceó y ella se tambaleó. Puso una mano en el hombro de él, quien la agarró de la cintura y la encontró firme y cálida. Una oleada abrasadora le surgió del pecho y acabó en las entrañas.

–Lo... Lo siento –balbució apartándose con un nerviosismo impropio de ella.

–No ha pasado nada –murmuró él.

Sin embargo, sí le había pasado algo. Estaba ardiendo por dentro y era una sensación que no quería que le despertaran, y menos su asistente. La miró y vio que había retrocedido hasta el fondo del bote con los brazos cruzados sobre el abdomen y mirando hacia otro lado. Intentó no fijarse en sus pechos, pero era muy difícil pasar por alto su tentadora redondez. Farfulló un improperio, agarró con fuerza el timón y se dirigió hacia la orilla.

Esa vez, ella no se resistió cuando la ayudó a bajar al agua. La siguió a la playa iluminada con focos y cuando se acercó, vislumbró otra vez la angustia en su rostro.

–¿Qué pasa? ¿Por qué estaba en la barca? Antes de que diga «nada», le aconsejo que no insulte mi inteligencia.

Ella vaciló y se metió las manos en los bolsillos. Esa vez, no pudo evitar mirarle los pechos, aunque, afortunadamente, ella no estaba mirándolo a él.

–Estuve hablando con algunos lugareños. Esta ensenada era un sitio especial para ellos, un refugio. Me... Me sentí fatal por lo que ha pasado.

Sintió remordimiento, pero, sobre todo, le intrigó ese lado humano de Brianna Moneypenny.

–Me ocuparé de que quede tan cristalino como era antes.

Ella levantó la cabeza y lo miró a los ojos con sorpresa y satisfacción.

–Me alegro. No es agradable que te arrebaten un refugio –él frunció el ceño al notar el dolor en sus palabras–. En cualquier caso, les aseguré que usted lo solucionaría.

–Gracias.

Ella fue hacia los vehículos que había a unos metros. Su conductor estaba junto al primero.

–Le he reservado una suite en el hotel Noire. Le llevaron el equipaje hace unas horas. Sus teléfonos y el ordenador están en el Jeep. Lo veré mañana por la mañana, señor Pantelides.

–¿Me verá mañana por la mañana? –repitió él sin entenderlo–. ¿No viene conmigo?

–No –contestó ella.

–¿Por qué?

–Porque no voy a quedarme en el hotel.

–¿Dónde va a quedarse?

Ella señaló hacia las tiendas de campaña que había en un extremo de la playa.

–He conseguido una tienda y he dejado mis cosas allí.

–¿Qué tiene de malo que se quede en el mismo hotel que yo?

–Nada, salvo que no quedaban más habitaciones. La suite que le reservé era la última. Los demás hoteles están demasiado lejos.

–Lleva de pie todo el día y no ha descansado. No discuta, Moneypenny –añadió él levantando una mano–. No va a dormir en una tienda de campaña con las máquinas haciendo ruido. Vaya a recoger sus cosas.

–Le aseguro que es muy cómoda.

–No. ¿Ha dicho que tengo una suite?

–Sí.

–Entonces, no hay ningún motivo para que no la compartamos.

–Preferiría no hacerlo, señor Pantelides.

La negativa lo sorprendió y molestó en la misma medida. Además, por primera vez, no estaba mirándolo a los ojos.

–¿Por qué preferiría no hacerlo?

Ella no contestó.

–Míreme, Moneypenny –le ordenó él.

Sus ojos eran color aguamarina, grandes y con pestañas largas. Además, lo miraron desafiantes.

–Su habitación es una suite con un dormitorio y una cama doble. No es la adecuada para dos... profesionales y preferiría no tener que compartir mi espacio personal.

Sakis pensó en todas las mujeres que darían cualquier cosa por compartir su «espacio personal» con él. Entonces, también pensó en su petróleo que contaminaba una playa que había sido maravillosa, en los tripulantes desaparecidos y en la prensa que estaba esperando que diera un paso en falso para demostrar que de tal palo tal astilla. La sensación atroz que había sofocado amenazó con brotar de nuevo. Era la misma desesperación y rabia que sintió cuando se llevaron a Theo, la misma sensación de impotencia que sintió cuando no pudo hacer nada para que su madre no se consumiera delante de sus ojos por el dolor que le produjeron su padre y la prensa.

–Su espacio personal me da igual. Lo que no me da igual es que no rinda al máximo. Ya hemos hablado de que estaría a mi lado en esta situación. Me aseguró que lo resistiría, pero, durante los últimos diez minutos, ha mostrado cierta... rebeldía que me hace dudar de que esté capacitada para sobrellevar lo que se avecina.

–Creo que ese comentario no es justo, señor –replicó ella con rabia–. He hecho todo lo que me ha pedido y soy capaz de sobrellevar cualquier cosa que se avecine. Que discrepe en algún detalle no me convierte en rebelde. Estoy pensando en usted.

–Entonces, demuéstrelo, deje de discutir y móntese en el Jeep.

Ella abrió la boca, pero volvió a cerrarla. Cuando lo miró, los ojos de ella tenían un brillo ardiente que ya había visto más de una vez ese día. El mismo ardor que él había intentado contener en las entrañas, y no lo había conseguido.

–Iré por mis cosas.

–No hace falta.

Él intercambió una mirada con el conductor y el joven se dirigió hacia las tiendas de campaña.

–Puede informarme de los resultados de su plan en las redes sociales mientras esperamos.

–He encontrado a seis personas que podrían sernos útiles. Uno es catedrático de Biología Marina en Guinea Bissau. Otros dos son un matrimonio especializado en rescates de la Naturaleza en desastres como este. Los tres restantes no tienen una especialidad, pero tienen muchos seguidores en las redes sociales y son conocidos por participar en misiones humanitarias. Nuestro equipo de seguridad está investigando a los seis y si da el visto bueno, me ocuparé de que los traigan mañana.

–Sigo sin estar convencido de que lo más conveniente sea llamar más la atención sobre esta crisis, Moneypenny. Algunas veces, no se ve el daño hasta que es demasiado tarde.

Se acordó de la desolación de su madre y de los llantos incesantes hasta que sustituyó la comida por el alcohol cuando tuvo que asimilar que su marido, el hombre al que había considerado un dios, el hombre que creía que era sincero con ella, había tenido una ristra de amantes por todo el mundo y que había estado con algunas incluso antes de casarse con ella.

El año que cumplió quince años fue el más devastador de su vida. Fue el año que confirmó el miedo más elemental de todos los niños, que su padre no lo amaba, que no amaba a nadie ni a nada que no fuese él mismo. También fue cuando empezó a odiar a la prensa, que no solo había desvelado sus temores, sino que lo había divulgado a los cuatro vientos. Ari lo soportó con su característica actitud inmutable, pero tenía la sensación de que había quedado tan devastado como él. Theo, que tenía trece años y las hormonas en ebullición, se descarrió. Su madre nunca llegó a saber la cantidad de veces que se escapó porque

Ari, que tenía diecisiete años, lo encontraba siempre. En medio de ese caos, él observaba que su madre se deterioraba ante sus ojos y todavía se estremecía al recordar la solución tan espantosa que buscó.

Dejó a un lado esos acontecimientos y se centró en la mujer que tenía delante, que lo miraba con una curiosidad mal disimulada. Le aguantó la mirada hasta que ella la apartó, pero deseó inmediatamente que volviera a mirarlo y tuvo que contener un gruñido.

–Los periodistas que hemos elegido saben que esta puede ser la oportunidad de sus vidas si siguen el juego. Me cercioraré de que informen clara y sinceramente de lo que estamos haciendo mientras protegen la reputación de la empresa.

–Debería haber sido diplomática, Moneypenny –replicó él con una sonrisa.

Ella se encogió de hombros y él dirigió la mirada a donde no tenía que dirigirla, a las palpitaciones que veía bajo su piel inmaculada.

–Todos deseamos algo por encima de todas las cosas. Desaprovechar la ocasión cuando se presenta es una tontería.

–¿Qué es lo que usted desea? –preguntó él sin poder remediarlo.

–¿Cómo dice? –preguntó ella mirándolo con asombro.

–¿Qué desea por encima de todas las cosas?

Ella sacudió la cabeza y miró hacia otro lado con desesperación. Él captó su expresión de alivio cuando el conductor llegó con su ligero equipaje. Brianna se acercó, tomó la maleta del sorprendido conductor y la guardó en el maletero. Luego, abrió una puerta y se montó en el coche. Él tardó un momento en ir a la otra puerta. No hizo caso de la mirada nerviosa de ella y esperó hasta que el Jeep avanzaba por el camino polvoriento y ella se había relajado.

–¿Y bien?

–¿Qué...? –preguntó ella.

–Estoy esperando la respuesta.

–¿Sobre lo que deseo?

–Sí.

–Deseo la oportunidad de demostrar que puedo hacer bien un trabajo y que me lo reconozcan.

–Hace un trabajo ejemplar, le pagan mucho y la valoran mucho –replicó él con impaciencia.

Tuvo que hacer un esfuerzo para contener la decepción. Quería algo personal de la asistente con la que no quería tener nada personal, pero descubrir algo de lo que había detrás de la fachada profesional no quería decir que ninguno de los dos fuese a perder la relación pragmática. Además, Moneypenny conocía sus aventuras. Ella organizaba los almuerzos y las cenas y comparaba esos regalos discretos de separación. Había que equilibrarlo un poco.

–¿Tiene novio?

–¿Cómo dice? –preguntó ella arqueando las cejas.

–Es una pregunta muy sencilla, Moneypenny. Basta con que conteste sí o no.

–Lo sé, pero no entiendo qué importancia puede tener en nuestra relación laboral.

Él captó su respiración entrecortada y disimuló una sonrisa.

–Creo que la empresa hace una evaluación anual. Lleva trabajando conmigo casi un año y medio y no ha hecho todavía su primera evaluación.

–Recursos Humanos me la hizo hace seis meses. Creo que se la han mandado a usted.

–Es posible, pero no la he leído todavía.

–¿Y quiere hacer su propia evaluación... ahora?

Él se encogió de hombros y un poco molesto consigo mismo por haber insistido en ese asunto, pero ya había hecho la pregunta y, efectivamente, quería saber si Brianna Moneypenny era como todo el mundo. No era un robot. Su cuerpo era cálido y femenino cuando se rozó con el de él en el bote y su comentario sobre recuperar la playa para los lugareños también había desvelado un lado humano desconocido hasta entonces.

–Solo quiero saber si su currículo ha cambiado desde que entró a trabajar. Cuando la contraté, dijo que no tenía pareja y solo quiero saber si eso ha cambiado.

–Entonces, ¿quiere saber, por motivos estrictamente profesionales, si me acuesto con alguien o no? ¿También quiere saber qué marca de ropa interior uso y qué prefiero de desayuno?

Él no se avergonzó. Estaba equilibrando las cosas y, además, necesitaba que algo lo distrajera de ese día infernal... por el momento.

–Sí a mi primera pregunta; las otras dos son opcionales.

–En ese caso –ella levantó la barbilla–, como es algo estrictamente profesional, no, no tengo amante, la ropa interior es asunto mío y tengo una debilidad malsana por las tortitas. ¿Contento?

La satisfacción hizo que se le acelerara el pulso de una forma inquietante. Miró el tenso moño rubio, la nariz impertinente, la boca ancha y carnosa, el hoyuelo que se le formaba en la mejilla cuando arrugaba los labios con fastidio, como en ese momento... Se frotó los ojos. ¿Podía saberse qué estaba pasándole? Necesitaba beber algo que lo devolviera a su estado normal. Bajo ningún concepto pensaba seguir con esa atracción disparatada hacia Moneypenny.

Las calles estaban desiertas cuando llegaron al arbolado centro de Point Noire. El hotel era un edificio precolonial de tres pisos y bastante agradable. El director estaba esperando en el vestíbulo para recibirlo personalmente, pero abrió los ojos al ver a Brianna.

–Bienvenido, señor Pantelides. Su suite está preparada, aunque me habían dicho que sería el único ocupante...

–Le informaron mal.

–Vaya, le pido disculpas por no tener una suite más cómoda, pero todas las habitaciones estaban ocupadas cuando el accidente... cuando sucedió el desdichado percance.

El director llamó al ascensor y él notó que ella se ponía más tensa cuando se montaron. Entendió el motivo en cuanto entraron en la suite. La habitación era poco mayor que una habitación doble y la zona de dormir estaba separada del sofá por una televisión y un mueble bar. Observó que Brianna estaba mirando a la cama como si le diese pánico. Algo que le habría divertido si no estuviesen allí por un motivo tan desesperado.

Despidió al director, pero llamaron a la puerta casi inmediatamente y Brianna se sobresaltó.

–Tranquila, es nuestro equipaje –la tranquilizó con el ceño fruncido.

–Sí, claro.

Entró el botones y Sakis se ocupó de que se marchara enseguida. Se hizo un silencio cargado con una tensión sexual que pasó por alto, pero, aun así, no la desvaneció.

–Dúchese antes –le dijo él cuando ella se acercó a recoger su bolsa.

Sakis tembló por lo que se imaginó y ella miró la puerta del cuarto de baño.

–Si está tan seguro...

–Sí, estoy seguro.

Entonces, a pesar de que todos sus sentidos le decían que no lo hiciera, le acarició una mejilla. Ella contuvo el aliento y él siguió acariciando su piel cálida y suave.

–Tiene una mancha de petróleo ahí –comentó él.

Ella se apartó, pero siguió mirándolo a los ojos con un brillo evidente de deseo... y de algo más que nunca había visto en los ojos de una mujer cuando estaba con él, de miedo.

–Intentaré... no tardar mucho –balbució ella antes de que él pudiera decir algo.

Brianna se dio la vuelta, desapareció en el cuarto de baño y lo dejó mirando la puerta con una erección creciente y el pulso acelerado. Su libido había tenido que elegir ese momento y lugar para desatarse y fijarse en la única persona en la que no podía fijarse. Las crisis aguzaban los sentidos y hacían que los hombres y mujeres cometieran errores que acababan pagando. Tenía que acabar con aquello sin contemplaciones y no podía pensar en Moneypenny desvistiéndose y metiéndose desnuda en la ducha. Se sirvió un whisky y se lo bebió. No iba a pasar nada. Oyó el pestillo que se cerraba y se sirvió otro whisky.

Se apoyó en la puerta sin poder respirar y se le cayó la bolsa de la mano. Notaba que cada centímetro de la piel le abrasaba como si todavía estuviese acariciándole la mejilla. ¡No! La rabia le dio fuerzas para quitarse las botas, los pantalones manchados de petróleo y la camiseta que fue blanca. Fue a quitarse el sujetador, pero se miró en el espejo y vio el tatuaje. *No voy a hundirme*. Era una letanía que se había repetido durante los días más sombríos y que se recordaba cuando necesitaba confianza en sí misma. Le recordaba lo que había vivido de niña y adulta, que depender de alguien era buscar la devastación, que cometió una vez ese error y así había acabado. Le recordaba que tenía que seguir nadando sin hundirse. Sin embargo, estaba hundiéndose en ese marasmo erótico que la había dejado sin dominio de sí misma. Se llevó la mano al corazón como si así pudiera serenar los latidos desbocados. Luego, la bajó por la cicatriz que tenía en la cadera hacia la cinturilla de las bragas. Quería acariciarse con unas ganas casi desmesuradas, quería que unas manos más fuertes la acariciaran allí con unas ganas más viscerales todavía. Apretó los dientes y se pasó los dedos por la cicatriz. El tatuaje y la cicatriz le recordaban por qué no podía bajar la guardia ni confiar en nadie otra vez. Iba a aferrarse a eso porque lo que había visto en los ojos de Sakis la había asustado. Sakis podía ser irresistible e iba a necesitar toda la fuerza que pudiera reunir. Tenía la sensación de que esa crisis iba a alargarse y de que él iba a exigirle lo que no le había exigido nunca.

Se metió en la ducha y, una vez limpia, recuperó el aspecto sereno. Se secó y se puso una camiseta y unas mallas cortas que usaba para ir al gimnasio. Si hubiese estado sola, se habría puesto solo la camiseta, pero con Sakis Pantelides... Esa sensación amenazó con avivarse otra vez. Se lavó los dientes, se hizo el moño de siempre y salió del cuarto de baño.

Estaba en el diminuto balcón con un vaso en una mano y agarrando la barandilla con la otra. Se detuvo para mirarlo y él giró un poco la cabeza. El carnoso labio inferior era una línea firme y miraba fijamente el vaso con una expresión sombría. Ella se preguntó si estaría recordando la pregunta del periodista sobre su padre. Él no solía expresar los sentimientos, pero su respuesta había sido muy elocuente. No recordaba con cariño a su padre, pero su legado le había dejado cicatrices. Volvió a sentir ganas de protegerlo.

Él levantó el vaso y se bebió la mitad del líquido. Ella, hipnotizada, observó su cuello mientras tragaba y bajó la mirada hacia su pecho cuando tomó una profunda bocanada de aire. Tenía que hacer algo, pero los pies se negaban a moverse. Seguía inmóvil cuando él fue a entrar en la habitación. Se detuvo y sus ojos verdes se clavaron en ella con esa intensidad que la alteraba. Unos segundos después, la miró de los pies a la cabeza lentamente y terminó la bebida. Lamió una gota del labio inferior y la oleada de sensaciones la arrasó por dentro. ¡No! Eso no podía estar pasándole. Agarró la bolsa con todas sus fuerzas, hizo un esfuerzo sobrehumano para apartar la mirada, fue hasta el sofá, se sentó y dejó la bolsa al lado.

–Ya he terminado con el cuarto de baño. Es todo suyo.

La tableta seguía en la mesa como si esperara a que hiciera algo con las manos. La agarró y él se acercó para dejar el vaso en el mueble bar. Ella contuvo la respiración hasta que dejó de olerlo.

–Gracias –él agarró su bolsa y se dirigió hacia la puerta–. Moneypenny...

–Sí... –consiguió decir ella sin poder respirar todavía.

–Es hora de dejar de trabajar.

–Solo quería...

–Apague la tableta y déjela en paz. Es una orden.

Tenía que respirar y volvió a dejar la tableta en la mesa. Él abrió la puerta del cuarto de baño con un brillo de satisfacción en los ojos.

–Muy bien. Acuéstese en la cama, yo dormiré en el sofá.

Entró en el cuarto de baño y cerró la puerta. Ella respiró e intentó no oler el olor de Sakis que había quedado en el aire. Miró la cama y el sofá. Era indudable. Hizo el sofá cama a toda velocidad y se metió de espaldas al cuarto de baño cuando oyó que se cerraba la ducha. No podía ni plantearse la posibilidad de dejar la puerta abierta al deseo. Si cedía a los sentimientos, podía llegar a lo que la había mandado a prisión y esa experiencia había estado a punto de matarla. No iba a hundirse otra vez.

Capítulo 4

SE DESPERTÓ oliendo a café y con la habitación vacía. Respiró con alivio mientras se levantaba del sofá cama. La cama arrugada indicaba que Sakis había dormido allí, pero no había ni rastro de él. La tableta pitó antes de que pudiera hacer más averiguaciones. La agarró y leyó los mensajes mientras se servía el café. Estaba trabajando otra vez y así quería que transcurriera su vida. Tenía dos mensajes de Sakis, quien se había instalado en la sala de reuniones del piso de abajo. Otros mensajes eran de personas interesadas en participar en la operación de limpieza, pero seguía sin saberse nada de los tripulantes desaparecidos. Contestó el mensaje de Sakis que le pedía que bajara en cuanto estuviera arreglada, guardó los mensajes más importantes, se duchó y se puso unos pantalones limpios y una camiseta color crema. Cuando ya se había hecho el moño, los acontecimientos de la noche anterior habían pasado a ser una «ofuscación temporal». Afortunadamente, ya estaba dormida cuando él salió del cuarto de baño y, aunque se despertó al oír su respiración, volvió a dormirse sin problemas, lo cual significaba que no tenía que temer que su relación hubiese cambiado. Cuando hubiese terminado esa crisis, volverían a Londres y todo recuperaría el cauce normal. Se puso una chaqueta verde, agarró el maletín, bajó a la sala de conferencias y se encontró a Sakis hablando por teléfono.

–El equipo de limpieza ha contenido el vertido del último depósito y el buque que recogerá el petróleo que queda llegará dentro de unas horas –le explicó él cuando colgó.

–Entonces, ¿se podrá retirar el petrolero durante los próximos días?

–Sí. Cuando el Comité Internacional de Investigación Marítima haya terminado las investigaciones, lo remolcarán a los astilleros del El Pireo. Ahora que el equipo de limpieza está completo, no hace falta que se quede nadie de la tripulación. Pueden volver a sus casas.

–Me ocuparé.

Aunque agarró la tableta para hacer lo que le había pedido, notó su mirada clavada en la cara.

–Me obedece sin pestañear cuando se trata de trabajo, pero anoche me desobedeció.

Ella parpadeó, lo miró y vio sus ojos verdes que la miraban fijamente.

–No entiendo...

–Anoche le dije que se acostara en la cama y no lo hizo.

Ella tragó saliva e intentó mirar hacia otro lado, pero era como si un imán la tuviese atrapada.

–Me pareció que su orden de obedecerlo sin pestañear no tenía que aplicarse al dormitorio.

–Así es. Me gusta tener el control en el dormitorio, pero no me importa ceder... algunas veces.

Ella intentó seguir al darse cuenta de que estaba a punto de abrasarse por las tórridas imágenes que le cruzaban por la cabeza.

–La lógica me dijo que como soy más baja, me adaptaría mejor al sofá. Me pareció que la caballerosidad no tenía por qué impedir que los dos durmiéramos bien.

–¿Caballerosidad? –él arqueó las cejas burlonamente–. ¿Cree que lo hice por caballerosidad?

Ella se puso roja, pero no pudo dejar de mirar sus hipnóticos ojos.

–Tendrá sus motivos... pero creí... Ya da igual, ¿no? –preguntó ella resoplando.

–Lo propuse porque no habría sido un sacrificio para mí.

–Estoy segura, pero tampoco tiene el monopolio del dolor y la incomodidad, señor Pantelides.

–¿Cómo dice? –preguntó él poniéndose rígido.

–Quería decir que... que sean cuales sean las circunstancias de su pasado, al menos tuvo una madre que lo amó, que no pudo haber sido tan malo.

Ella no pudo contener el tono de dolor y también se dio cuenta de que había tocado un asunto peligroso, pero, como no iba a hablarle de su propio pasado, era la única manera de no creer que Sakis se preocupaba por su bienestar. Durante su infancia no había conocido el amor y la comodidad y la amenaza de una vida entre drogas había estado omnipresente. Dormir en un sofá era una bendición en comparación con eso. Él la miró con los ojos entrecerrados.

–No confunda el remordimiento con el amor, Moneypenny. He aprendido que lo que llaman amor es como un manto muy oportuno que se pone sobre la mayoría de los sentimientos.

–¿No cree que su madre lo ama?

–Un amor débil es peor que la falta de amor –contestó él apretando los dientes–. Cuando se derrumba bajo el peso de la adversidad, habría sido preferible que no existiera.

Ella agarró la tableta con fuerza. Era la segunda vez en dos días que vislumbraba un aspecto completamente nuevo de Sakis Pantelides. Era un hombre que había ocultado dolores muy profundos y que ella ni se había imaginado.

–¿Qué adversidad?

–Mi madre creía que el hombre que amaba no podía

hacer nada malo. Cuando se dio cuenta de la realidad, eligió darse por vencida y dejar que sus hijos se bandearan por su cuenta. Llevo mucho tiempo cuidando de mí mismo, Moneypenny.

Ella siempre había sabido que tenía un corazón duro como el acero bajo esa fachada cortés, pero en ese momento, cuando sabía cómo se había forjado, sintió comprensión y cercanía.

–Gracias por contármelo, pero el sofá tampoco fue un sacrificio para mí y, ya que los dos hemos descansado, creo que deberíamos dar por zanjado ese asunto.

–Claro. Sé elegir las batallas que tengo que librar, Moneypenny, y abandonaré esta.

La idea de que habría más batallas entre ellos la alteró, pero él siguió hablando.

–También se alegrará de saber que ya no tendré que ocupar su espacio personal. Se ha quedado libre una habitación y la he reservado.

Ella no supo qué hacer cuando sintió una punzada de desilusión en vez de alivio.

–Fantástico. Sí, me alegro de saberlo.

Un mensaje llegó a la tableta y, dando gracias a Dios, se abalanzó sobre ella.

Después de desayunar, fueron a unirse a las tareas de limpieza. A media tarde, estaba trabajando junto a Sakis cuando notó que estaba tenso.

–¿Puede saberse qué hacen aquí?

Ella vio el equipo de televisión y el alma se le cayó a los pies.

–No puedo hacer nada para echarlos, pero es posible que pueda conseguir que se porten bien. Tiene que confiar en mí.

Se quedó helada nada más decirlo, como él. La confianza era un problema para los dos. Ella no podía pedirla cuando escondía un pasado que podría acabar con su relación. Sin embargo, la mirada de él dejó de ser dura como el acero y empezó a parecer de agradecimiento.

–Gracias. No sé qué haría sin usted, Moneypenny –dijo él en voz baja.

El corazón le dio un vuelco antes de desbocarse.

–Me alegro porque he elaborado este plan tan astuto para que no tenga que hacerlo usted.

Él esbozó una sonrisa fugaz, la miró a los labios y volvió a mirarla a los ojos.

–Cuando Ari me amenazó con robármela, estuve a punto de partirle un remo en la cabeza.

–No habría ido.

–Perfecto. Me pertenece y aniquilaré a cualquiera que intente arrebatármela.

A ella se le aceleró el pulso más. Sin embargo, hablaba de trabajo y de su relación profesional. Brianna tuvo que recordárselo mientras intentaba respirar. Él dejó escapar un leve sonido ronco y el calor brotó entre ellos hasta que sintió que se derretía entre las piernas.

–Iré... Iré a hablar con el equipo de televisión –balbució ella mientras retrocedía.

Salió corriendo y rezando para que recuperara el equilibrio. El equipo de televisión se negó a marcharse, pero accedió a no entrevistar a nadie del equipo de limpieza y se conformó con eso.

La reunión de Sakis con los investigadores de desastres marítimos fue como la seda porque había reconocido su responsabilidad y estaba dispuesto a subsanarlo. Además casi ni parpadeó por la multa estratosférica que pusieron a Pantelides Inc. Sin embargo, con ella nada iba como la seda. Durante la entrevista, la miraba para pedirle su opinión, le tocaba el brazo para que se fijara en algo que quería que escribiera o le lanzaba preguntas. El miedo se adueñó de ella al darse cuenta de que el equipo serio y profesional que habían formado hacia setenta y dos horas había desaparecido. Cuando terminó la reunión, sabía que estaba metida en un lío.

Sakis se pasó los dedos entre el pelo mientras iba de un lado a otro de la sala de reuniones. Los investigadores acababan de confirmarle que el accidente se había debido a un error humano. Fue hasta la mesa y se dejó caer en la silla.

–¿Ha llegado el informe de Morgan Lowell? –le preguntó a Brianna.

Ella se acercó y él intentó no fijarse en el cotoneo de sus caderas. Se había pasado todo el día intentando no mirarla. Ya ni siquiera se preguntaba qué le pasaba porque lo sabía muy bien, era un deseo incontenible. Ella le entregó lo que le había pedido y él volvió a intentar no mirarla.

–¿Qué sabemos de él? –preguntó lacónicamente.

–Está casado, no tienen hijos y su esposa vive con los padres de él. Que sepamos, es el único con ingresos de la familia y lleva cuatro años en la empresa. Llegó de la Armada, donde era capitán de navío.

–Eso ya lo sé –Sakis pasó los datos personales para llegar al historial laboral y se detuvo con cierto desasosiego–. Dice que no ha tomado un permiso durante los últimos tres años... y lleva casado poco más de tres años. ¿Por qué un hombre recién casado no quiere estar con su esposa?

–A lo mejor tiene algo que demostrar o que esconder.

Él, sorprendido, levantó la mirada y vio un brillo de inquietud en los de ella antes de que los bajara. Siguió mirándola y su asistente, que solía ser muy serena, empezó a ponerse cada vez más nerviosa. La curiosidad que se adueñó de él cuando vio aquel tatuaje, aumentó más todavía y se dejó caer contra el respaldo.

–Una observación interesante, Moneypenny, ¿por qué la ha hecho?

–Yo... no quería decir nada que se basara en hechos concretos.

–Sin embargo, lo ha dicho. Intuitivamente o no, cree que hay algo más, ¿verdad?

–Ha sido un comentario general. La mayoría de la gente entra en una de esas dos categorías. Es posible que el capitán Lowell entre en las dos.

–¿Qué quiere decir? –insistió él con impaciencia–. Tiene una teoría, dígala.

–Me parece muy raro que Lowell y los dos segundos de abordo hayan desaparecido. No entiendo que ninguno estuviera en el puente de mando ni reaccionara cuando sonó la alarma.

–Los investigadores creen que fue un error humano, pero ¿usted cree que ha sido intencionado?

Sakis leyó el resto del historial laboral de Morgan Lowell, pero no encontró nada sospechoso. Sobre el papel, el capitán Lowell era un jefe muy competente que había gobernado petroleros de Pantelides durante cuatro años, aunque él sabía que «sobre el papel» no quería decir gran cosa. Sobre el papel, su padre había sido un padre generoso, trabajador y respetable para quienes no lo conocían mejor. Solo sus hermanos, su madre y él sabían que eso era una fachada. La verdad no salió a la luz hasta que una amante despechada acudió a un periodista que escarbó un poco más. Una verdad que desenterró una serie de amantes abandonadas y de operaciones empresariales turbias. Sobre el papel, Giselle había parecido una asistente eficiente y con una ambición sana, hasta que una noche él rechazó sus insinuaciones y se convirtió en una psicópata rencorosa y desalmada que llegó a amenazar los cimientos de la empresa.

–Tenemos que encontrarlo, Moneypenny. Nos jugamos demasiado como para que siga sin resolverse durante mucho tiempo. Comuníquese con el jefe de seguridad y dígale que indague más en el pasado de Lowell –miró a Brianna y vio que estaba pálida–. ¿Le pasa algo?

–No –contestó ella con una levísima mueca.

Miró sus manos, que normalmente ya estarían tecleando para obedecerlo, y las tenía cruzadas.

–Evidentemente, sí le pasa algo.

–No me parece justo indagar en la vida de alguien solo porque tiene una intuición.

–¿No acaba de decir que Lowell podría estar ocultando algo?

Ella asintió con la cabeza a regañadientes.

–Entonces, ¿no deberíamos intentar averiguar qué es lo que oculta?

–Supongo...

–¿Pero?

–Creo que no se merece que se escarbe en su vida por una intuición. Lo siento si le he dado la impresión de que era lo que quería porque no lo es.

Él se levantó de la mesa con inquietud, fue hasta la ventana y volvió a la mesa, al lado de donde estaba ella con las manos inmóviles sobre su tableta.

–Algunas veces tenemos que aguantar las consecuencias de averiguaciones indeseadas que pueden ser beneficiosas.

A él le espantaron las atroces consecuencias, pero le vino muy bien que se desvelara la verdadera esencia de su padre. Había aprendido a mirar siempre debajo de la superficie.

–Está defendiendo algo que detesta que le hagan a usted –replicó ella mirándolo–. ¿Cómo se sintió cuando todo el mundo supo los secretos de su familia?

Se quedó atónito por su atrevimiento. Apoyó las manos en la mesa y bajó la cabeza hasta que tuvo los ojos a la altura de los de ella.

–¿Puede saberse qué cree que sabe sobre mi familia?

Ella retrocedió un centímetro, pero su mirada permaneció inmutable.

–Sé lo que pasó con su padre cuando usted era adolescente. Es imposible esconder la información en internet. Además, su reacción ante la inoportuna pregunta de ayer...

–No hubo ninguna reacción.

–Yo estaba allí y vi cuánto le espantó –replicó ella en un tono compasivo.

Él apretó los puños sobre la mesa ante la mera idea de que tuviera compasión.

–¿Cree que por eso debería quedarme de brazos cruzados en lo referente a Lowell?

–No, solo digo que no me parece bien sacar a la luz su vida. Usted ha estado en su piel...

–Yo solo sé lo que dice su informe de Recursos Humanos. Además, al contrario de lo que cree saber sobre mi familia y yo, lo que averigüe sobre el capitán Lowell no llegará a la prensa sensacionalista ni a las redes sociales para que todo el mundo se divierta y haga caricaturas. Las dos situaciones no se parecen ni remotamente.

–Si usted lo dice...

Ella tomó aliento, bajó la mirada y tomó la tableta. Él se quedó donde estaba con ganas de invadir su espacio personal. Durante las últimas veinticuatro horas, su asistente se había comportado de una forma muy rara y lo había desafiado como no había hecho nunca.

Quería olvidarse del incidente con la tienda de campaña y de que durmiera en el sofá. Sin embargo, debería haberla despedido al instante por haber sacado el asunto tabú de su padre. No obstante, tenía razón por mucho que le molestara reconocerlo. La pregunta del periodista lo había alterado y había desenterrado unos sentimientos violentos que prefería ocultar.

La observó en silencio mientras escribía un correo electrónico al jefe de seguridad. Fue un silencio muy tenso, hasta que ella levantó la cabeza y dejó la tableta.

–¿Algo más?

Él la miró. Se le había escapado un mechón del moño y le acariciaba las palpitaciones aceleradas del cuello. Tuvo que hacer un esfuerzo para no apartárselo y pasarle los dedos por las palpitaciones, para no deslizarlos a lo largo de su esbelto cuello hasta las delicadas clavículas que se escondían debajo de la camiseta.

–¿No está de acuerdo con lo que estoy haciendo?

Ella apretó los labios, apareció el hoyuelo y él sintió una punzada insoportable en las entrañas.

–La intimidad es un derecho y detesto a quienes lo violan. Sé que usted también los detesta y por eso me cuesta un poco, pero también entiendo por qué hay que hacerlo. Le pido disculpas si me he extralimitado y confío en que usted no permitirá que caiga en manos desaprensivas.

–Le doy mi palabra de que lo que averigüemos de Lowell se mantendrá en secreto.

Le desconcertó darse cuenta de que estaba tranquilizándola, justificándose ante ella, pero casi le desconcertó más darse cuenta de que quería que ella aprobara lo que estaba haciendo.

–Y, Moneypenny...

Ella levantó la mirada. Desde tan cerca, sus ojos eran más fascinantes. El corazón se le aceleró, la sangre le bulló y tuvo que contener la respiración.

–Sí...

Ella tenía los labios separados y la lengua le asomaba entre los dientes. Él intentó recordar lo que quería decirle.

–No confío fácilmente, pero sí agradezco que la gente confíe en mí. Ha demostrado que es digna de confianza y que puedo delegar en usted. Su ayuda, sobre todo durante los dos últimos días, ha sido inestimable. Gracias.

Ella abrió los ojos. Era muy hermosa, ¿cómo era posible que no se hubiese fijado antes?

–Fal... Faltaría más, señor Pantelides.

Ella palideció un poco más y él frunció el ceño. Las circunstancias los habían llevado al límite de la resistencia.

–Creo que nos encontramos en una situación tan excepcional que puedes llamarme Sakis.

–No –replicó ella sacudiendo la cabeza.

–¿No y nada más? –preguntó él arqueando las cejas.

–Lo siento, pero no puedo –ella se levantó de un salto–. Si no quiere nada más, buenas noches.

–Buenas noches... Brianna.

Su nombre, dicho por él, sonó como la más dulce de las tentaciones.

–Preferiría que siguiera llamándome Moneypenny.

Él fue a negarse, hasta que recordó que era su jefe intachable, no un enamorado exigente.

–Muy bien. Hasta mañana, Moneypenny.

Se apartó de la mesa, se quedó mirando su precioso trasero y la sangre ardiente se le acumuló en la entrepierna. La erección seguía rampante cuando, una hora después, su teléfono sonó en la suite. Salió del balcón y fue a recogerlo de la mesita donde lo había dejado.

–Dígame...

La breve conversación hizo que se quedara soltando improperios durante varios minutos.

Capítulo 5

LA LLAMADA en la puerta hizo que se le parara el corazón. Algo que agradeció si tenía en cuenta que llevaba una hora desbocado, desde que perdió el juicio en la sala de reuniones.

Volvieron a llamar con impaciencia. Resopló y recuperó la compostura antes de abrir. Sakis estaba mirando su móvil con el ceño fruncido.

–¿Qué pasa? –preguntó ella sin poder evitarlo.

–No sé qué haría sin usted –contestó él con su voz hipnótica.

Observarlo todo el día ir de un lado a otro con una impotencia creciente y haber deseado poder hacer algo le había dejado muy claro que su ecuanimidad profesional seguía en peligro. En ese momento, parecía como si él se hubiese pasado los dedos por el pelo con rabia y las arrugas a los costados de la boca eran más profundas.

–Quiero decir, ¿necesita algo, señor Pantelides?

La miró de arriba abajo antes de mirarla a la cara otra vez.

–Todavía no se ha cambiado para acostarse. Perfecto. El piloto está preparando el helicóptero para despegar dentro de quince minutos.

–¿Despegar?

Él agarró el móvil con más fuerza cuando entró otro mensaje.

–Vamos al aeropuerto. He convocado una reunión en Londres a primera hora de la mañana.

–¿Volvemos a Londres? ¿Por qué?

–Al parecer, hay más buitres que revolotean sobre nuestro desastre.

Lo miró atónita. La idea de que alguien quisiera desafiar a Sakis Pantelides hacía que dudara de la cordura de su oponente, sobre todo, cuando estaba más nervioso y era más peligroso.

–¿De la prensa o empresariales?

–Empresariales. Creo que los arrogantes de siempre se sienten más audaces ante la caída del precio de las acciones por el accidente.

Ella recogió la bolsa que había dejado a los pies de la cama.

–Pero las acciones han empezado a recuperarse después de la caída inicial. Su declaración y el reconocimiento de la responsabilidad han hecho que se estabilizaran. ¿Por qué iban...?

–La noticia de una oferta de adquisición haría que se derrumbaran otra vez y cuentan con eso –el teléfono volvió a pitar y él gruñó–. Sobre todo, si dos de esas empresas van a anunciar por la mañana que piensan fusionarse.

–¿Qué empresas? –preguntó ella mientras cerraba la bolsa.

–Moorecroft Oil y Landers Petroleum.

Sakis estaba mirando el móvil y no pudo ver que se había quedado pálida. No podía ser. Tenía que ser una coincidencia que esa empresa se llamara como Greg, su exnovio. Landers era un nombre muy corriente y, además, la empresa de Greg, en la que había participado antes de que él hiciera la operación que la condenó, era una empresa de compraventa de gas que había quebrado y que no era tan grande como para quedarse con la Naviera Pantelides.

–Me gustaría salir de... Brianna, ¿qué te pasa?

–Nada –contestó ella intentando dominarse–. Debe de ser al calor.

La miró con detenimiento y sus ojos se suavizaron un poco mientras se guardaba el móvil.

–Y la falta de sueño. Siento haberte despertado así. Podrás dormir en el avión.

Él se acercó para tomar la bolsa de ella y sus manos se rozaron. La oleada abrasadora se adueñó de ella, quien se apartó, tragó saliva, lo siguió y cerró la puerta.

–Me repondré. Además, necesitará que averigüe todo lo que pueda sobre esas dos empresas.

Ella también necesitaba saber si Greg tenía algo que ver con Landers Petroleum. La idea de que hubiese creado otra empresa, que hubiese embaucado a otro pardillo como la había embaucado a ella, hacía que se le revolvieran las entrañas. ¿Podría avisar a Sakis sin llamar la atención sobre ella? No quería que viera a esa mujer tan necesitada de amor que no se había dado cuenta de la trampa que le habían tendido hasta que fue demasiado tarde. Podría perderlo todo. El miedo y la angustia la dominaron mientras salían de hotel y volaban en helicóptero hasta el pequeño aeródromo privado.

Se tambaleó a unos metros del avión y Sakis la agarró con firmeza de la muñeca mientras subían la escalerilla. Tragó saliva al sentir la mano e intentó soltarse, pero él la sujetó hasta que llegaron a la puerta del dormitorio de invitados, enfrente de la suite principal del avión. Él abrió la puerta, dejó la bolsa de ella y la llevó a la zona de asientos.

–Ponte el cinturón. Nos acostaremos en cuanto despeguemos.

–¿Cómo... dice...? –balbució ella sin poder dejar de mirarlo a los ojos.

Él esbozó una sonrisa sombría y cargada de arrogancia masculina mientras se pasaba una mano por el pelo. Se sentó enfrente de ella y dejó el móvil en una mesa que había al lado.

–He elegido mal las palabras, Moneypenny. Quería

decir que es de noche en Londres y que no podemos hacer gran cosa.

–Puedo reunir toda la información que encuentre sobre las empresas y...

–Ya tengo gente ocupándose de eso. Tienes que dormir. Te necesito despierta y...

–¡Tiene que dejar de tratarme como si fuese una flor delicada y dejarme hacer mi trabajo!

–¿Cómo dices? –preguntó él entrecerrando los ojos verdes como el musgo.

Ella se inclinó hacia delante con las manos sobre la mesa. Sintió otra punzada de excitación al tenerlo tan cerca que podía acariciar su barba incipiente. Sin embargo, la posibilidad de que Greg estuviera rondando su vida y que pudiera dejarla al descubierto hizo que se contuviera. Había sacrificado todo lo que tenía para evitar quedar vulnerable. Ya no necesitaba amor. Sabía que podía vivir sin amor, pero no podría vivir si Sakis descubría sus errores del pasado.

–Parece que cree que necesito dormir toda la noche en una cama cálida para trabajar bien, pero está equivocado. He tenido que dormir con un ojo abierto para no perder algo más que la ropa. Por favor, no me trate como si fuese una princesa mimada que necesita un sueño reparador.

–¿Cuándo has dormido así? –preguntó él con la voz ronca y sin disimular la curiosidad.

–Da igual –contestó ella recordando los tugurios que olían a droga.

–No da igual –replicó él apoyando los codos en la mesa y mirándola fijamente–. Dímelo.

–Fue hace mucho, señor Pantelides.

–Sakis –le ordenó él en un tono que hizo que ella se estremeciera mientras negaba con la cabeza.

–Digamos que mi infancia no fue tan bonita como la de muchos niños, pero lo superé.

–¿Eras huérfana?

–No, pero como si lo hubiese sido.

Su madre drogadicta nunca se ocupó de su hija. El dolor que recordaba la atenazó por dentro y tuvo que parpadear para contener las lágrimas, pero se dio cuenta de que Sakis lo había captado. El avión despegó y se sumergió en el cielo estrellado. Él siguió mirándola.

–¿Quieres hablar de ello? –preguntó él con delicadeza.

–No –contestó ella con el corazón acelerado.

Ya había hablado demasiado y rezó para que él se conformara.

–Aunque te resistas, tienes que dormir –insistió él asintiendo con la cabeza.

Sakis le tendió una mano con una expresión de firmeza y ella, aliviada porque no indagaba más en su pasado, decidió ceder. Se soltó el cinturón, tomó su mano y se levantó.

–Dormiré si usted también duerme.

Él esbozó una sonrisa inesperada y arrebatadora. Notó la oleada ardiente en las entrañas y una punzada de deseo entre las piernas.

–Coincidimos exactamente en lo que quería decir. Pienso dormir. Hasta los seres sobrehumanos como yo necesitamos dormir un poco.

–Es un alivio –ella también sonrió–. Estaba empezando a dejar en evidencia a los pobres mortales.

Él se rio y su rostro se transformó tan maravillosamente que ella se quedó sin respiración. Sin embargo, su cuerpo estuvo a punto de arder en llamas cuando él apoyó una mano en su espalda y la llevó por el pasillo.

–Nadie en su sano juicio diría que eres una pobre mortal, Moneypenny. Has demostrado que eres una persona especialmente dotada y con una integridad que la mayoría de las personas ambiciosas ha perdido a tu edad.

Ella se dio la vuelta para mirarlo cuando llegaron a la puerta de su cabina y se le alteró el pulso.

–Creo que lo que usted ha hecho desde el accidente demuestra que está dispuesto a llegar más lejos que la mayoría de las personas en las mismas circunstancias. Eso es integridad.

Él la miró a los labios y el cuerpo le abrasó por dentro como si fuese un horno.

–Mmm... ¿Es el inicio de una asociación de admiración mutua?

Él bajó la mirada y los pezones se le endurecieron. Buscó detrás de sí misma y se agarró al picaporte como si fuese una tabla de salvación.

–Solo intento destacar que no soy nadie especial, señor Pantelides. Solo intento hacer mi trabajo.

–Siento discrepar –él volvió a mirarla a los ojos–. Creo que eres muy especial. También es evidente que nadie te lo ha dicho lo suficiente –le tomó la mano que tenía en el picaporte y abrió la puerta–. Cuando todo esto haya terminado, me ocuparé de demostrarte lo especial que eres.

La puerta se abrió y ella estuvo a punto de caerse de espaldas.

–No... No hace falta, de verdad.

Él sonrió con cierta tensión mientras se agarraba al marco de la puerta como si hiciera un esfuerzo para no entrar.

–Dices que no eres especial y, sin embargo, rechazas la posibilidad de una recompensa cuando la mayoría de las personas ya estaría haciendo la lista.

–Trabajo con uno de los hombres con más visión de futuro en una de las mejores empresas del mundo. Eso ya es suficiente recompensa.

–Ten cuidado, podrías hinchar mi vanidad hasta una dimensión inimaginable.

–¿Es algo malo?

Ella no sabía por qué había querido provocarlo, pero

se quedó sin aliento cuando sus labios sensuales esbozaron una sonrisa peligrosamente sexy.

–Podría ser letal cuando todo parece desmoronarse a mi alrededor –Sakis miró la cama y su sonrisa tembló levísimamente–. Buenas noches, Brianna.

Sakis se apartó bruscamente, dio media vuelta y entró en su cabina. Ella se tambaleó, se dejó caer en la cama y se miró las manos temblorosas. ¡Sakis Pantelides la encontraba atractiva! No era tan ingenua como para no entender el brillo de sus ojos ni iba a perder el tiempo pensando en el motivo. Estaba allí, como una bomba de relojería, y tenía que desactivarla antes de que pasara algo impensable. Solo podía esperar que todo volviera al cauce normal cuando volvieran al terreno conocido. Si no, prefería no pensar lo que podría hacer ella.

Sakis soltó una ristra de improperios bajo el agua fría de la ducha. Llevaba cuarenta y ocho horas maldiciendo por un motivo o por otro, pero, en ese momento, maldecía a esa erección que parecía no inmutarse por la temperatura gélida. Quería acostarse con Brianna Moneypenny. Quería salir de la ducha, ir a la habitación de al lado, desvestirla y entrar en ella. Apretó los dientes y se agarró la erección. Soltó un gruñido con la primera caricia y las rodillas le flaquearon con la segunda. Bajó la mano con rabia y cerró la ducha. No iba a satisfacerse como un adolescente. Estaba alterado y se planteaba cosas que nunca se habría planteado. El sexo no entraba en su lista de asuntos pendientes. Tenía que centrarse en contrarrestar la amenaza de una adquisición hostil y en resolver la situación en Point Noire.

Tres horas más tarde, Brianna miraba por la ventanilla de la cabina. Se había dejado la tableta en uno de los dos maletines que la azafata había llevado a la cabina de Sakis. Como no iba a ir a pedírsela, pensaba con angustia lo que la esperaba en Londres. Estaba segura de que Sakis haría añicos el intento de adquisición. Era un empresario demasiado bueno como para no haberlo previsto y como para no tener la respuesta. Al mismo tiempo, Greg había demostrado, ante el asombro e incredulidad de ella, que era igual de despiadado y se estremeció por el caos que podía organizarle a Sakis si tenía la ocasión. Notó que el tatuaje le abrasaba y se lo acarició con los dedos. Greg había conseguido arrebatarle su patrimonio y había estado aterradoramente cerca de destrozarle el alma. No podía descansar hasta que se hubiera asegurado de que no era una amenaza para Sakis y para ella. No obstante, no tenía ningún motivo para buscarla. Ella era la víctima propiciatoria que había llevado al matadero y él había salido indemne. Llegó a sentir anhelos de venganza, como era natural cuando había estado encerrada entre rejas y corroída por el miedo y la amargura, pero ese sentimiento se había extinguido. En ese momento, solo quería ser Brianna Moneypenny, la asistente de Sakis Pantelides, el hombre más sexy e inteligente que había conocido, un hombre al que había estado a punto de besar más de una vez... ¡No! se tocó al tatuaje con más fuerza. Nada había cambiado ni podía cambiar.

El consejo de administración estaba reunido en la sala del piso quince de la Torre Pantelides. Sakis entró a las siete en punto y saludo con la cabeza a los hombres que lo esperaban alrededor de la mesa. Ella lo siguió con el corazón acelerado. No sabía si habían conseguido reunir la información que había pedido antes de subir al avión y él tampoco lo sabía. Solo el informe que los hombres tenían delante decía si Greg Landers participaba en ese intento de adquisición hostil. Vio una copia en una mesa auxiliar y se dirigió hacia ella.

–No voy a necesitarte en la reunión. Vuelve al despacho y nos veremos cuando haya terminado.

–¿Está seguro? –ella estaba atónita y no podía disimilarlo–. Puedo...

–Ye hemos dejado claro que eres inapreciable para mí. Por favor, no te excedas en tus atribuciones, Moneypenny, o las alarmas podrían dispararse.

El tono tenso la desconcertó. Era el mismo tono que llevaba empleando desde que salió de su cabina una hora antes de que aterrizaran. Estaba gélido y distante y la tensión sexual que los había rodeado se había esfumado. Sintió alivio al comprobar que las cosas eran normales otra vez, pero no pudo evitar la punzada de decepción y una idea más aterradora todavía. ¿Había averiguado de alguna manera su pasado? Lo miró fijamente, pero no vio nada que indicara que sabía su secreto más profundo y sombrío. Había sido muy meticulosa al desmantelar su pasado, se había gastado hasta el último penique que tenía hacía dos años para no volver de donde había estado. Aun así, tuvo que hacer un esfuerzo sobrehumano para tragar el nudo de la garganta.

–No sé... Creo que no sé a qué se refiere. Solo intento hacer...

–Tu trabajo. Lo sé, pero, en este momento, tu trabajo no está aquí. Necesito que estés al tanto de la situación en Point Noire. Ocúpate de mantener a raya a la prensa y de que los investigadores nos informen. No quiero que se cometan errores. ¿Puedes hacerlo?

Ella miró el informe confidencial sobre la mesa y el miedo la atenazó por dentro.

–Claro –contestó ella haciendo un esfuerzo para mirarlo a él.

–Perfecto –el suavizó un poco la mirada–. Te veré

dentro de unas horas, o antes si hay algo que exija mi atención.

Él se quedó en la habitación y cerró la puerta. Ella intentó dominar la sensación de abandono. No estaba dejándola al margen. Era una situación delicada y había que tratarla con cuidado. No obstante, volvió a su despacho, contiguo al inmenso despacho de Sakis, con la sensación de que había perdido parte de su utilidad. Era absurdo.

Pasó trabajando las horas siguientes, hasta que sonó el teléfono a las dos en punto.

–Llevas cuatro horas sin informarme –dijo Sakis en tono tenso.

–Porque no hay nada nuevo. Ya tiene bastante como para ocuparse de las minucias –replicó ella antes de morderse el labio inferior–. Quiero decir que tiene a la gente indicada para que se ocupe. Déjelos que hagan su trabajo. Al fin y al cabo, para eso les paga.

–He tomado nota. Aun así, infórmame.

Su voz era un poco menos tensa y ella tuvo que hacer un esfuerzo para no preguntarle si Greg Landers era uno de lo que querían quedarse con la Naviera Pantelides.

–El remolcador está preparado para retirar el petrolero. El coordinador del equipo de limpieza dice que nuestro biólogo marino está ayudándolo mucho. Hemos acertado con eso.

–Tú has acertado –le corrigió él en un tono más íntimo que la estremeció.

–Mmm... supongo. La campaña de redes sociales nos ha proporcionado casi un millón de seguidores y la mayoría respalda la actitud de la naviera en la operación de limpieza y salvamento. El bloguero también está haciendo un trabajo fantástico.

–Brianna.

–¿Qué?

–Me alegro de que aceptara tu consejo sobre la prensa

y las redes sociales. Hemos evitado gran parte de la mala prensa que podríamos haber tenido por el accidente.

–Me importa la empresa –replicó ella con el corazón–. No quería que su reputación se resintiera.

–¿Por qué? ¿Por qué te importa?

–Usted... Usted me dio la oportunidad cuando creía que no tendría ninguna. Podría haber elegido a otra de entre más de cien solicitantes. Me eligió a mí y eso no me lo tomo a la ligera.

–No te quites importancia, Brianna. No te elegí al azar. Lo hice porque eres especial y todos los días me demuestras lo valiosa que eres.

A ella le encantaba cómo decía su nombre y sintió una oleada ardiente al darse cuenta.

–Gracias, señor Pantelides.

–Sakis –le corrigió él con la voz ronca.

–N... No –consiguió replicar ella.

–Me llamarás Sakis dentro de muy poco.

Ella tembló por la textura áspera de su voz, cerró los ojos e hizo un esfuerzo para respirar.

–¿Qué tal va el consejo de administración?

–Se ha identificado a casi todos los protagonistas. Les he lanzado un ultimátum. Pueden hacer caso o volver a atacarme.

Ella pensó que él casi se alegraba de que hubieran desafiado su autoridad. Sakis necesitaba liberar sus pasiones y por eso remaba cuando podía y tenía un gimnasio en todas sus casas. Sería igual de apasionado en la cama... Dejó de pensar en eso inmediatamente.

–¿Sabes algo más? –preguntó él en un tono impaciente otra vez.

–No –contestó ella al saber que se refería a los tripulantes desaparecidos–. Se ha ampliado el radio de la búsqueda. Tengo que hacer algunas llamadas para reorganizar su agenda.

–Si llama la esposa de Lowell, pásamela.

–Lo haré.

Colgó antes de que pudiera preguntarle sobre lo que había averiguado y se puso a trabajar para no pensarlo siquiera. A las seis, se dio cuenta de lo tensa que estaba, recogió la tableta y el móvil y tomó el ascensor para ir a la planta dieciséis, donde estaban las suites. Eran seis, cuatro separadas y dos interconectadas. Sakis usaba la más grande, que estaba unida por unas puertas correderas a la que usaba ella cuando se quedaba. La vista de Londres era impresionante desde allí. Tomó al atajo por el salón de Sakis y aminoró el paso como hacía siempre que lo veía. Una de las paredes era de piedra y tenía una chimenea enorme. Enfrente de la chimenea, unos sofás cuadrados rodeaban una alfombra blanca e inmensa que era lo único que cubría el suelo de mármol. Detrás de los sofás, sobre pedestales o colgados de la pared, se veían obras de arte de valor incalculable. Mientras se dirigía hacia su suite, miró la piscina que se extendía detrás de los ventanales. Desde esa altura, podía ver la estación donde tomaba el tren para ir a su casa. Su casa, su refugio, el sitio adonde no iba desde hacía muchos días, el sitio donde podría esconderse si Sakis descubría algún día quién era de verdad. Aun así, mientras le quedase aliento, lucharía por lo que había salvado de las cenizas. Greg no ganaría otra vez.

Una vez en el dormitorio donde, por insistencia de Sakis, tenía un guardarropa por si tenía que viajar con él sin aviso previo, se puso los pantalones de entrenamiento y un top.

Se machacó en la cinta durante media hora y estaba estirando los músculos antes de empezar con las pesas cuando entró Sakis. Se paró al verla. Estaba muy despeinado por haberse pasado las manos muchas veces por el pelo, se había aflojado la corbata y se había soltado varios botones de la camisa. Sus miradas se encontraron en los espejos que cubrían dos lados de la habitación, hasta que la miró de arriba abajo. Se quedó helada y sin respiración. La mano que tenía apoyada en el espejo tembló cuando vio que la mirada de él se velaba por una voracidad idéntica a la sensación que le atravesaba las entrañas a ella.

–No quiero interrumpirte –comentó él mientras sacaba una botella de agua de la nevera.

Se apoyó en las barras que sujetaban las pesas y la miró fijamente mientras bebía. Ella intentó no fijarse en el movimiento sensual de su garganta. Hizo acopio de todo el dominio de sí misma que tenía y levantó un pie por detrás del cuerpo para estirarlo. Nunca había sido tan consciente de lo ceñida que era su ropa de gimnasia ni del sudor que le cubría la piel. El corazón le latía con tanta fuerza en los oídos que creyó haberse imaginado que Sakis tomaba una profunda bocanada de aire mientras ella terminaba los estiramientos. Se hizo el silencio hasta que no pudo soportar su mirada clavada en ella y se planteó si sería prudente acercarse a él, que estaba delante de las pesas que quería usar. Lo descartó y fue hasta la nevera por una botella de agua.

–¿Cómo terminó el consejo de administración? –le preguntó para romper el silencio.

Sakis tiró la botella de agua a la papelera, se quitó la corbata y se la guardó en un bolsillo.

–Estaba seguro de que encontraríamos los puntos débiles. Todo el mundo tiene un esqueleto en el armario, Moneypenny, cosas que no quieren que se sepan. Lo aprendí al criarme como un Pantelides –contestó él con frialdad, aunque ella captó el dolor en las palabras.

–¿Qué tipo de esqueletos? –insistió ella con el miedo atenazándole las entrañas.

–Los normales. Una contabilidad poco clara y algunas operaciones bastante turbias.

–¿Se...? ¿Se refiere a Landers Petroleum?

–No. Son una insignificancia en comparación con Moorecroft Oil y seguramente se apuntaron al carro con la esperanza de sacar una buena tajada. Por el momento, estoy más interesado en Moorecroft. Son los que empezaron con esto, pero deberían haber limpiado su casa antes de intentar ensuciar la mía. Su consejero delegado, Richard Moorecroft, recibirá mañana una llamada de la autoridad reguladora y tendrá que contestar a algunas preguntas espinosas.

Ella se permitió respirar con cierto alivio aunque sabía que todavía era pronto.

–¿Cree que eso acabará con todo?

–Sí si saben lo que les conviene –él se soltó otro botón–. Si no, las cosas se ensuciarán más.

–¿Quiere decir que indagará más? –murmuró ella sin poder dejar de mirar las manos que desvelaban ese torso impresionante–. ¿Qué... está haciendo?

Otra punzada abrasadora le atravesó el abdomen y apretó la botella de agua con tanta fuerza que la rompió y el sonido retumbó en toda la habitación.

–Hago lo mismo que tú.

Él se quitó la camisa, hizo una bola con ella y la tiró a un rincón.

–Pero... Yo...

–¿Mi cuerpo te incomoda, Moneypenny? –preguntó él con una mano en el cinturón.

–Se ha desvestido... muchas veces delante de mí –consiguió contestar ella.

–No es lo que te he preguntado –insistió él desabrochándose el cinturón.

Los pezones se le endurecieron con una sensación deliciosa, le flaquearon las rodillas y se derritió entre los muslos.

–¿Qué...? ¿Qué importa? Soy invisible, ¿recuerda? Nunca me había visto antes.

Él se acercó hasta quedarse delante de ella.

–Solo porque me he ejercitado a no mirar... a no mostrar ningún interés. Hasta... –él arrugó los labios y se encogió de hombros–. Ya no eres invisible para mí. Te veo muy bien.

Le miró los pechos antes de acariciárselos. Se quedó sin aliento y él le tomó los pezones entre los dedos hasta que ella tuvo que morderse el labio inferior para no gritar.

–Eres como... un vino potente que sabes que va a embriagarte antes de dar el primer sorbo.

El raciocinio intentó abrirse paso entre el marasmo de sensaciones, pero no encontró el camino.

–No puedo saberlo. No... No bebo.

Otra decisión implacable que había tomado después de Greg. La noche que la policía irrumpió y se la llevó, él la había doblegado con champán y caviar. Había estado tan bebida que no había conservado la coherencia cuando su vida caía en picado al infierno.

–Vaya, qué vida tan virtuosa, Moneypenny. ¿Tienes algún vicio aparte de las tortitas?

–Ninguno que quiera que se sepa –contestó ella antes de que consiguiera contenerse.

Sakis dejó escapar una risa profunda que le llegó a todas las terminaciones nerviosas.

–Me parece muy intrigante.

La miró a la boca con una caricia ardiente, separó los labios y se acercó más ella. ¡Tenía que moverse! Sus pies obedecieron por fin la orden del cerebro, pero no había dado ni un paso cuando Sakis la agarró de la cintura desnuda y la estrechó contra él. El contacto la abrasó de tal manera que estuvo a punto de caerse. Él le tomó la barbilla con una mano, le levantó la cara y la miró sin compasión. Sus ojos tenían un brillo que hizo que un deseo incontenible le revolviera las entrañas y las pocas células de cerebro que todavía le funcionaban le gritaron que se resistiera a esa sensación.

–Voy a besarte, Moneypenny. No es prudente y, seguramente, sea una temeridad.

–Entonces, no debería...

Ella casi lo suplicó, pero ya estaba derritiéndose entre los muslos.

–Creo que no puedo contenerme.

–Señor Pantelides...

–Sakis. Di mi nombre.

Ella negó con la cabeza y él inclinó la suya un poco más.

–Estás haciéndolo otra vez.

–¿El... qué?

–Desobedecerme.

–Ya no estamos en la oficina.

–Motivo de más para que no te andes con formalismos. Di mi nombre, Brianna.

La forma de decir su nombre la alteraba por dentro e intentó por todos los medios dominar esa sensación abrumadora.

–No.

La empujó hacia atrás hasta que la tuvo entre la pared del gimnasio y su cuerpo abrasador. Los músculos de su pecho eran una tortura para sus senos, pero fue la erección contra el vientre lo que hizo que dejara de respirar.

–Afortunadamente para ti, la necesidad de paladearte supera la necesidad de obligarte a que me obedezcas –le rozó los labios con una caricia muy fugaz–. Aun así, te lo oiré decir enseguida.

Ella hizo un esfuerzo para replicar a pesar del deseo que la dominaba.

–No cuente con ello. Tengo algunas normas propias y esa es una de ellas.

Él le pasó la punta de la lengua por el labio inferior,

muy fugazmente también, y una oleada de deseo la arrasó por dentro.

–¿Cuál es la otra?

–No liarme con el jefe.

–Mmm, estoy de acuerdo con esa.

–Entonces... ¿qué está haciendo? –preguntó ella en tono lastimero.

–Demostrar que esto no es más que una locura transitoria.

–¿No demostraría lo mismo si se marchara? Usted mismo ha dicho que podría ser imprudente.

–O que esto solo es un beso sin importancia. Tendría importancia si no podemos dominar lo que pase después.

¿No tenía importancia? ¿Dolería darse solo un beso? Estaban vestidos, bueno, él estaba medio desvestido, pero ella podría echar el freno cuando quisiera, ¿no?

–¿Después? –preguntó ella.

–Sí, cuando volvamos a ser lo de siempre. Tú seguirás siendo la entusiasta que lleva mi vida laboral y yo seré el jefe que te exige demasiado.

–También podríamos parar ahora mismo y fingir que nunca ha pasado.

–Nunca he fingido. Eso se lo dejo a las personas que quieren que el mundo crea que son lo que no son. Detesto a esa gente, Moneypenny –su boca se acercó un centímetro más y sus manos la agarraron con más fuerza de la cintura–. Por eso no voy a fingir que la idea de besarte, de estar dentro de ti, no me ha corroído durante estos días. También por eso sé que ninguno de los dos va a interpretar mal esto. Sé que tú no finges, que eres exactamente lo que dices que eres. Por eso te valoro tanto.

Entonces, la besó con tanta voracidad que le derritió todos los pensamientos. Afortunadamente, porque si no, no habría podido evitar decirle que no era ni remotamente quien él creía que era.

Capítulo 6

SAKIS oyó su gemido de deseo y gimió también. Se había empeñado tanto en que ninguna mujer volviera a verlo en el ámbito del trabajo como Giselle lo había retratado en el tribunal y en la prensa que no había querido ver lo sexy, femenina e impresionante que era Brianna. En ese momento, dejaba que sus sentidos desatados se deleitaran con la suave curva de su cintura desnuda, con la forma de su trasero y con sus pechos, que se amoldaban perfectamente a sus manos. ¡Y qué boca! Era delicada y sedosa y era un tormento solo imaginársela rodeando su erección. La deseaba tanto que lo trastornaba. La quería debajo de él, desnuda, anhelante y en todas las posturas imaginables...

Ella dejó escapar un grito cuando su lengua entró implacablemente entre sus labios carnosos. Estaba siendo demasiado brusco, pero no podía dominarse. La había probado una vez, pero eso le había llevado a una segunda, a una tercera... Quería más. Estaba entre sus muslos, pero no era suficiente. Le tomó los pechos con las manos y se estremeció cuando le pellizcó los pezones. Le bulló la sangre solo de pensar en lamérselos, succionárselos y mordisquearlos.

Cuando ella, por fin, lo agarró de los hombros y le clavó las uñas en la piel, la oleada de deseo fue tan fuerte que creyó que podía morirse allí mismo. ¿Qué estaba pasando? Nunca había estado tan dominado por la lujuria, ni siquiera cuando era un jovencito. El sexo era fantástico y él era un hombre sano, viril, rico y poderoso que captaba la atención de las mujeres aunque no lo quisiera. Cuando lo quería, no dudaba en disfrutarlo. Sin embargo, nunca había sentido esa necesidad casi disparatada que amenazaba con humillarlo. ¡Y todavía estaban empezando!

Brianna abrió más la boca para recibir mejor su despiadada exigencia y, con una mano, le arañó la nuca. El recibió ese leve dolor con un júbilo que lo preocupó seriamente. Nunca había sido un pervertido, pero su erección se endurecía más cada vez que lo arañaba. Estaba tan excitado que no podía ver con claridad. Por eso, tardó un minuto en darse cuenta de que sus dedos en el pelo estaban intentando apartarlo y de que la mano del hombro estaba empujándolo con angustia.

–¡No!

El ímpetu de su beso amortiguó la exclamación, pero acabó calando en sus sentidos devastados por la lujuria. Levantó la cabeza con un gruñido de asombro y se incorporó un poco. Brianna lo miró fijamente con la respiración entrecortada y los labios inflamados. Se quedó helado al ver la expresión de sus ojos color turquesa. Aparte del asombro mezclado con excitación, habían vuelto a recuperar el miedo. El desprecio por sí mismo lo asoló como un tornado. La primera vez quizá no hubiese entendido por qué estaba aterrada, pero esa vez sabía que él tenía toda la culpa. Se había abalanzado sobre ella como un bárbaro. Apretó los puños y retrocedió otro paso.

–Yo... Creo que esto ha llegado demasiado lejos –murmuró ella.

Sakis quiso rebatirlo, pero eso sería otra demostración de la locura que se había adueñado de él. ¿Era eso lo que, burlonamente, había dicho que quería comprobar? Ya lo sabía. Volvió a mirarla a la boca y el deseo volvió a invadirlo. ¡Lo sabía y todavía quería más! Naturalmente, eso era impensable. Brianna era mucho más valiosa para él como asistente que como amante. Solo tenía que revisar su agenda para encontrar posibles amantes... Hizo una mueca de disgusto. No era como su padre, que tomaba y dejaba mujeres sin importarle a quién hacía daño.

–Sí, tienes razón.

Se pasó los dedos por el pelo e intentó recuperar el dominio de sí mismo que perdió en cuanto había entrado en el gimnasio.

–Lo achacaremos a la presión de las últimas setenta y dos horas –añadió él.

–¿Siempre lidia así con una crisis?

Él esbozó una sonrisa tensa, se dio media vuelta y se vio reflejado en el espejo. No le extrañó que ella estuviese asustada. Parecía un monstruo con los ojos fuera de las órbitas por el anhelo y una erección evidente. Se quedó de espaldas a ella e intentó contestar sin inmutarse.

–No. Normalmente, vuelo hasta el lago y me monto en una piragua o vengo al gimnasio para remar en la máquina. El ejercicio físico me ayuda a aclarar las cosas.

Desgraciadamente, el ejercicio físico en el que pensaba en ese momento incluía a Brianna debajo de él con los muslos separados para recibir sus acometidas.

–Mmm, de acuerdo. Entonces, supongo que me he cruzado en su camino. ¿Quiere... que lo deje?

El tono indicaba que quería que la tranquilizara, pero no podía. Se quedó de espaldas a ella mientras intentaba que su cuerpo se serenara.

–Señor Pantelides...

Apretó los dientes por el formalismo de esas dos palabras y se dio la vuelta.

–No te preocupes. Nada ha cambiado. Tu sabor es muy dulce, pero no perderé la cabeza. Nuestro pequeño experimento ha terminado. El consejo de administración se retoma a las ocho. Te veré a las siete y media en la oficina.

–De acuerdo. Hasta mañana, señor...

–Buenas noches, Moneypenny –la interrumpió él.

Recogió la camisa y fue a ponérsela, pero descartó la idea. Como ya no podía quedarse allí, con el olor de Brianna, lo mejor sería que nadara unos largos en la piscina. Seguía mirando la camisa cuando ella pasó a su lado oliendo a azucenas, sexo y sudor. Contra su voluntad, su mirada la siguió. La piel desnuda de su cintura lo embelesó, como el contoneo de su trasero. El fuego que le abrasaba las entrañas amenazó con descontrolarse.

Una vez solo, tardó más de un minuto en darse cuenta de que seguía en medio del gimnasio, con la camisa en la mano y mirando el sitio donde había estado ella. Tuvo que reconocerse que las cosas iban a empeorar mucho antes de que mejoraran, y no solo para la empresa.

«Tu sabor es muy dulce, pero no voy a perder la cabeza...» Brianna se obligó a quedarse con el alivio y no con el dolor que sentía por dentro. Se había comprobado la peligrosa teoría, se había desatado la pasión y habían salido indemnes. ¿Estaba segura?

–Sí, estoy segura –se contestó en voz alta quitándose la malla–. Completamente segura.

Se quitó el top también y fue al lujoso cuarto de baño. Se metió debajo de la ducha y las gotas calientes la cayeron sobre el rostro y los labios que Sakis había devorado hacía menos de cinco minutos. Otra oleada de deseo se adueñó de ella.

–¡No!

Le temblaron las manos mientras agarraba el gel y se lo extendía por el cuerpo. No podía estar pasando eso. Sin embargo, había pasado... Había dejado que Sakis la besara, había probado esas aguas y casi se ahoga en ellas porque ese beso la había estremecido en lo más profundo de su ser. La había besado como si quisiera devorarla. A parte del placer, había sentido su anhelo tan intensamente como el que ella había intentado sofocar. No necesitaba ese anhelo. Que ella recordara, solo le había llevado a desastres. De niña, sus anhelos eran lo último para una madre que solo pensaba en su próxima dosis de droga. De mayor, su anhelo de cariño la había cegado y se había creído las mentiras de Greg. Se acarició una vez más el tatuaje. Fuera lo que fuese lo que Sakis anhelaba, podría encontrarlo en otro sitio.

Sakis ya estaba en su despacho cuando ella llegó algo antes de las siete. Hablaba por teléfono, pero sus ojos verdes y fríos se clavaron en ella. Le señaló la taza de café medio vacía que tenía delante y él asintió con la cabeza. Su mirada, mientras se inclinaba para recoger la taza, no tenía ni atisbo del deseo arrollador que había tenido la noche anterior en el gimnasio. Sakis Pantelides, amable consejero delegado y dueño de su mundo, había vuelto a ser el mismo. Ella intentó imitar su expresión mientras iba, con las piernas temblorosas, hacia la cafetera que había en un pequeño recinto justo detrás del despacho. Tenía que esconder bajo la apariencia de profesionalismo los sueños de la noche anterior. Evidentemente, Sakis consideraba el incidente del gimnasio como algo zanjado y olvidado. Ella tenía que hacer lo mismo o...

–¿La cafetera da otra cosa que no es café esta mañana? ¿Es el horóscopo?

Ella se dio la vuelta y se encontró a Sakis justo detrás de ella. El recinto se hizo más pequeño.

–Lo... Lo siento.

Él miró el café recién hecho y luego la miró a ella.

–El café ya está hecho y sigues mirando la máquina como si esperaras que apareciera una bola de cristal al lado de la taza.

–Claro que no. Yo solo... –se calló, arrugó los labios, recogió la taza y se la entregó–. Tampoco he tardado tanto, señor Pantelides.

Él también arrugó los labios al oír su nombre, pero no podía poner ninguna objeción cuando habían vuelto a tener una relación profesional. Esperó a que él se moviera, pero el corazón se le aceleró cuando él se quedó bloqueando la salida y la escapatoria.

–¿Quiere algo más?

Él le miró los labios y dio un sorbo de café.

–¿Has dormido bien?

Una llamarada le abrasó las entrañas. Quiso decirle que eso no era de su incumbencia, pero decidió que si contestaba, la dejaría salir antes.

–Sí. Gracias por preguntarlo.

Él, sin embargo, no se movió.

–Yo, no. Hacía mucho tiempo que no dormía tan mal como anoche.

–Ah... Mmm...

Ella empezó a lamerse los labios, pero lo pensó mejor y resopló. Tenía que encontrar la manera de sofocar esas llamas que se avivaban dentro de ella cuando él estaba cerca.

–Han sido unos días muy tensos y tenían que pasarle factura antes o después.

–Claro, seguro que tienes razón –replicó él esbozando una leve sonrisa.

Volvió a mirarle la boca y el cosquilleo en los labios estuvo a punto de conseguir que se los frotara con los dedos. Se cruzó las manos sobre el abdomen. Él se terminó el café y dejó la taza en la encimera. Pasaron unos segundos en silencio, hasta que él suspiró.

–Lo... siento si te asusté anoche. No quería desmandarme de esa manera.

–Yo no... Usted no...

–Entonces, ¿por qué parecías tan asustada? ¿Alguien te ha hecho daño en el pasado?

Ella quiso contestar que no y apaciguar su mirada penetrante antes de que todo se le escapara de las manos, pero...

–A todos no ha hecho daño alguien en quien confiábamos, alguien que creíamos que nos amaba.

–Espero no haberte recordado a esa persona –replicó él un poco pálido.

–No más de lo que yo le recordé a su padre.

Ella se quedó sin respiración cuando la angustia se reflejó en el rostro de él. Hasta hacía dos días, él solo había mostrado un férreo dominio de sí mismo en asuntos de trabajo. Pero eso no era trabajo, era íntimo y doloroso. Presenciar su dolor hizo que se le resquebrajara el hielo que le rodeaba el corazón. Antes de darse cuenta, se había soltado las manos y fue a agarrarlo del brazo, pero se detuvo a tiempo.

–Lo siento, no quería decir eso.

Él se pasó los dedos entre el pelo con una sonrisa sombría.

–Desgraciadamente, una vez resucitados los recuerdos, no se puede enterrarlos fácilmente, por muy inoportuno que sea el momento.

–¿Hay algún momento oportuno para sacar a la luz el dolor del pasado?

Él se quedó helado al oír el tono afligido y la miró con una intensidad que la estremeció.

–¿Quién te hizo daño, Brianna? –preguntó él con delicadeza.

Ella notó que se tambaleaba y se apoyó en la encimera.

–No... No es un tema para la oficina.

–¿Quién? –insistió él.

–Usted tuvo problemas con su padre y yo con mi madre –contestó ella en un tono angustiado.

–¡Qué dos! –exclamó él con una sonrisa–. Somos un par de casos desesperados que tienen problemas con papá y mamá. Cómo se lo pasaría un psicólogo con nosotros.

Durante el año y medio anterior, nunca habría pensado que tenía algo en común con Sakis, pero sus palabras habían sido como un bálsamo para su dolor.

–A lo mejor podríamos pedir precio de grupo.

Ella también intentó sonreír y el dolor fue disipándose de los ojos de Sakis para dejar paso a otra mirada que ella ya empezaba a conocer íntimamente.

–¿Ha venido a buscarme por algún motivo? –preguntó ella otra vez.

–Los investigadores han confirmado la relación entre el accidente y el intento de adquisición.

–¿De verdad?

–Sí. Es muy sospechoso que Moorecroft Oil y Landers Petroleum hicieran una oferta hostil al día siguiente de que mi petrolero encallara –él se dio la vuelta y se dirigió hacia su despacho–. Fue demasiado preciso para ser casualidad.

Ella entró en su despacho justo cuando él descolgaba el teléfono.

–Buenos días, Sheldon –saludó él al jefe de seguridad–. Necesito que indagues más en Moorecroft Oil y Landers Petroleum.

Brianna se quedó paralizada al oír el nombre de Landers. Afortunadamente, su teléfono también sonó y tuvo que volver a su mesa. Cuando Sakis terminó, ella había conseguido recuperar la compostura y podía acompañarlo a la reunión del consejo de administración sin mostrar lo alterada que estaba. Una vez allí, la conversación telefónica con Richard Moorecroft se convirtió en un caos a los cinco minutos.

–¿Cómo te atreves a acusarme de algo tan disparatado, Pantelides? ¿Crees que caería tan bajo como para sabotear tu buque para conseguir mis objetivos?

–Lo único que has conseguido es atraer la atención hacia tus operaciones turbias –replicó Sakis sin disimular el desdén–. ¿Acaso creías que iba a tirar la toalla por una adversidad?

–Subestimas el poder de Moorecroft. Soy un gigante del sector...

–Que tengas que recordármelo me impresiona menos todavía.

–Esto no ha terminado, Pantelides. Puedes estar seguro.

–Tienes razón, no ha terminado. Mientras hablamos, estoy indagando cualquier relación que pueda haber entre lo que le pasó a mi petrolero y tu empresa.

–¡No encontrarás ninguna!

La fogosidad de Moorecroft indicaba un nerviosismo que hizo que a Sakis le brillaran los ojos.

–Reza para que no la encuentre porque si la encuentro, puedes estar seguro de que iré por ti y no pararé hasta que haya reducido a cenizas tu empresa. Tampoco se salvarán tus cómplices.

Sakis apretó el botón para cortar la conferencia y miró a los demás miembros del consejo.

–Os comunicaré cualquier noticia si la investigación da frutos.

Se giró hacia Brianna, que estaba sentada en el tercer asiento a su izquierda. La había colocado lejos de su vista para que no lo distrajera, pero se había dado cuenta de que tamborileaba con los dedos durante toda la conferencia. Se daba cuenta de todo lo relativo a Brianna desde que se dejó llevar por la atracción que sentía hacía ella. Desde cómo se ceñía su falda azul a su trasero hasta los arcos de sus pies cuando se acercó a él. Incluso, en los momentos menos adecuados, se preguntaba lo largo que sería su pelo y si sería sedoso. Muchas veces, durante las noches insomnes, se imaginaba que la besaría de mil maneras si tuviera la ocasión. Sin embargo, en ese momento, captaba algo más, la vulnerabilidad que escondía bajo ese exterior áspero. Lo que le había hecho su madre, fuera lo que fuese, todavía la hería. Sintió una opresión en el pecho y la necesidad de acercarse a ella para acariciarle una mejilla y asegurarle que él la cuidaría... Apretó los dientes e intentó dominarse. No haría semejante cosa, como no se repetiría lo que había pasado la noche anterior. Entonces, ¿por qué se acercaba a ella y se deleitaba mirando su cuello inclinado sobre la tableta? ¿Por qué se imaginaba que la levantaba de la silla, le subía la falda y la sentaba en la mesa de la sala de reuniones? Estaba disparatando y solo eran las nueve de la mañana. Despidió a los miembros del consejo y esperó a que se hubiesen marchado para murmurar el nombre de ella. Brianna levantó la cabeza y lo miró a los ojos, aunque él no supo si la mirada era personal o profesional. Sintió un arrebato de fastidio.

–¿Qué está pasando? Creía que no le diría a Moorecroft que estamos investigándolo.

–Acepté su reto y dio resultado. No sabía si estaba implicado hasta que lo oí en su voz.

–Entonces, ¿por qué no lo perseguimos?

–Sabe que está acorralado. Entre la investigación oficial y la nuestra, o dirá la verdad o intentará hacer cualquier cosa para borrar su rastro. En cualquier caso, está quedándose sin tiempo. Le daré unas horas para que decida qué camino va a seguir.

–¿Y si desvela una relación entre todo lo ocurrido?

Sakis notó que le había temblado la voz y se preguntó por qué.

–Entonces, me ocuparé de que lo pague hasta las últimas consecuencias.

Su padre había salido indemne de muchas operaciones turbias hasta que la justicia lo atrapó. Los mismos periódicos que sacaron a la luz sus infidelidades descubrieron que su padre había privado a muchas familias y empleados de lo que les correspondía. Cuando su padre acabó entre rejas y Ari tuvo la edad para tomar las riendas de la empresa, lo primero que hizo fue resarcir a las familias afectadas. Nunca permitirían que alguien saliera indemne del fraude y el engaño.

Él miró el rostro de la mujer que había poblado sus sueños con su cuerpo. Estaba mucho más pálida y parecía asustada. Frunció el ceño.

–¿Qué pasa?

–Nada –contestó ella mientras se levantaba y recogía sus cosas.

–Espera.

Le puso una mano en la cintura para detenerla y notó que estaba tensa.

–¿Qué...? –preguntó ella bajando la cabeza para que no viera su expresión.

–Brianna, ¿puede saberse qué está pasando?

–¿Por qué iba a pasar algo? Solo quiero volver a mi despacho para seguir trabajando –contestó ella precipitadamente.

Él había dicho algo que la había alterado. Repasó mentalmente sus últimas palabras.

–¿Crees que soy demasiado inflexible?

Ella apretó los labios, pero siguió sin mirarlo.

–¿Qué importa lo que yo crea?

–¿Qué harías tú?

La agarró de la cintura y notó la calidez de su cuerpo.

Quiso estrecharla contra sí y acariciarle un pecho como había hecho la noche anterior, pero hizo un esfuerzo para contenerse.

–Yo... Yo los escucharía y averiguaría los motivos de sus actos antes de arrojarlos a los lobos.

–La codicia es la codicia y la traición es la traición. El motivo es lo de menos cuando el daño está hecho.

Ella arrugó los labios y él captó la rabia que se adueñaba de ella.

–Si cree eso, no sé para qué me lo pregunta.

–¿En qué circunstancias perdonarías lo que han hecho?

Ella se encogió de hombros y él se fijó en sus pechos, pero tragó saliva y maldijo la llamarada que sintió en las entrañas.

–Si se ha hecho para proteger a alguien que quieres. Quizá se hizo sin saber que era una traición.

–La traición de mi padre fue intencionada y la de Moorecroft también.

Ella lo miró a los ojos, pero volvió a apartar la mirada.

–Señor Pantelides, no puede atribuir los pecados de su padre a todo lo que pasa en su vida.

Eso estaba volviéndose personal otra vez, pero él no podía mitigar el dolor que sentía.

–Mi padre fue infiel y engañó en sus operaciones empresariales durante décadas. Traicionó a su familia haciéndonos creer que era algo que no era. No sintió remordimiento ni cuando lo desenmascararon. No cambió ni en la cárcel. Se fue a la tumba sin arrepentirse. Te engañas si crees que existe la traición inconsciente e inofensiva.

Vio el dolor y la compasión en los ojos de ella, como pasó en Point Noire. Incluso, fue a acercarse a él, pero se detuvo y lamentó que no lo hubiese hecho.

–Siento lo que le pasó. Tengo unos correos esperándome. Si no le importa, volveré al despacho.

–No.

–¿No? –preguntó ella mirándolo con incredulidad.

–Todavía no has desayunado, ¿verdad?

–No, pero iba a pedir frutas y cereales a la cocina.

–Olvídalo. Vamos a salir afuera.

–No sé por qué...

–Yo sí lo sé. Llevamos encerrados aquí desde ayer. Nos vendrá bien comer algo y un poco de aire fresco. Vamos.

Él empezó a alejarse y sintió cierta satisfacción cuando, al cabo de unos segundos, oyó las pisadas de ella.

La llevó a un café en una calle tranquila. El dueño lo saludó con una sonrisa y les ofreció unos asientos rojos en un rincón lejos de la puerta. Miró el menú y sus ojos volaron hasta los de Sakis. Él la miraba con una sonrisa impresionantemente sexy.

–Solo sirven tortitas.

–Lo sé y por eso te he traído. Ya es hora de que satisfagas esa... debilidad que tienes, *agapita*.

Su forma de resaltar la palabra hizo que una punzada ardiente la atravesara.

–¿Por... qué?

Ella intentó recuperar el dominio de sí misma. Esa mañana, en vez de volver a ser tan profesional como había creído, estaba convirtiéndose en un campo de minas personal.

–Porque es la... munición perfecta –contestó él con otra sonrisa.

–¿Le parece que mi debilidad por las tortitas es munición? –preguntó ella con media sonrisa.

Entonces, el camarero pasó con un montón de tortitas con arándanos y ella intentó sofocar un gruñido, pero Sakis lo oyó y la miró con unos ojos voraces que le atenazaron las entrañas.

–No sé si sentirme complacido o enfadado por haberte contado esto sobre ti, Brianna. Por otro lado, podría ser el arma perfecta para que hagas lo que quiero.

–Ya hago lo que quiere.

La respuesta hizo que ella se sonrojara y él le clavó la mirada en los ojos.

–¿De verdad? Recuerdo que más de una vez te has negado a obedecerme.

–No habría durado ni un minuto si me hubiese plegado a todos sus deseos.

–Es verdad. Le dije a Ari que eres mi perro de presa.

–¿Me comparó con un perro? –preguntó ella sin poder creérselo.

–Era una metáfora –contestó él con cierta incomodidad–, pero ahora me doy cuenta de que debería haber utilizado una descripción más... halagadora.

Él llamó al camarero, pero la curiosidad la corroía por dentro.

–¿Cómo me habría descrito?

Él, en vez de contestar, pidió café y dos raciones de tortitas con arándanos. Brianna agarró al camarero del brazo para detenerlo.

–¿Podría ponerme una ración de arándanos más, por favor? Y un cuenco con miel, y un poco de nata... Y dos rodajas de limón y algo de mantequilla...

Se detuvo cuando vio que Sakis, muy divertido, arqueaba las cejas. Bajó el brazo y volvió a sonrojarse mientras el camarero se alejaba.

–Lo siento, no quería parecer una glotona absoluta.

–No te disculpes. Darse un placer de vez en cuando es muy humano.

–Hasta que tenga que pagarlo con horas en el gimnasio.

Se acordó inmediatamente de lo que había pasado la noche anterior y, a juzgar por el brillo de sus ojos verdes, él también se acordó. ¿Qué estaba pasándole? En realidad, sabía muy bien qué estaba pasándole. A pesar de todas las advertencias que se había hecho, Sakis la atraía con una fuerza irracional y tenía que curarse esa locura antes de que se descontrolara.

–Si te arrepientes antes de hacerlo, no lo disfrutarás.

–¿Quiere decir que debería pasar por alto las consecuencias y disfrutar el momento?

Él le miró los labios y fue como una caricia que hizo que quisiera gemir.

–Efectivamente –contestó él antes de callarse.

Se hizo el silencio y solo se oyó el sonido de los cubiertos y los platos. Ella solo pudo resistirlo unos minutos, hasta que creyó que iba a arder en llamas por la tensión. Se aclaró la garganta y buscó un tema de conversación neutro que distendiera el ambiente.

–Iba a contarme cómo me habría descrito.

No había estado muy acertada... Él se dejó caer contra el respaldo y ella se fijó en los músculos del pecho, que la camisa no conseguía disimular, y tuvo que tragar saliva.

–Quizá no sea ni el momento ni el lugar.

–¿Tan malo es?

–No, es muy bueno.

Ella tomó aliento y prefirió callarse. Cuando llegó la comida, intentó satisfacer el apetito culinario como no podría satisfacer el apetito carnal que veía en los ojos de Sakis. Levantó la mirada unos minutos después y lo vio con una expresión entre asombrada y divertida.

–Lo siento, pero es culpa suya. Ha desatado mi anhelo más profundo y ya no puedo parar.

–Al contrario, es un placer verte comer algo que no sea una ensalada, y con ese... anhelo.

–No se preocupe, no voy a repetir la escena de *Cuando Harry encontró a Sally.*

–¿El qué? –preguntó él desconcertado.

–¿Nunca ha visto esa escena cuando la actriz finge un orgasmo en un restaurante?

–No –él tragó saliva–, pero prefiero que los orgasmos sean auténticos. ¿Tú no?

¿De verdad estaba desayunando con su jefe y hablando de orgasmos?

–Yo... Esto era... Solo estaba hablando de algo. No tengo una opinión sobre los orgasmos.

Él se rio en voz baja y fue como la caricia de las alas de una mariposa.

–Todo el mundo tiene una opinión sobre los orgasmos, Brianna. Es posible que algunos las tengamos más contundentes que otros, pero todos las tenemos.

No iba a pensar en Sakis y los orgasmos a la vez.

–De acuerdo, pero prefiero no seguir hablando de eso, si no le importa.

Él terminó la última tortita y tomó el café.

–En absoluto, pero algunos temas se quedan flotando hasta que se tratan.

–Algunos temas merecen más atención que otros. ¿Cuál era su otro asunto?

–¿Cómo dices?

–Antes de que nos desviáramos de conversación, dijo «por otro lado». ¿A qué se refería?

Era una táctica de distracción, pero tenía que dejar ese tema que estaba despertándole un deseo que la ofuscaba y podría llegar a pensar que podía probar la fruta prohibida y salir indemne. No saldría indemne si se dejaba llevar por el deseo que la abrasaba por dentro cuando Sakis la miraba. Necesitar así a un hombre como Sakis acabaría destruyéndola. La conversación en la sala de reuniones le había confirmado que tenía cicatrices por lo que le había hecho su padre. Él nunca confiaría en nadie y mucho menos necesitaría a otro ser humano como ella creía que podría necesitarlo si no dominaba sus sentimientos.

–Por otro lado, me alegro de conocer tus debilidades porque me da la sensación de que no te permites disfrutar con las cosas sencillas de la vida.

El corazón se le aceleró con algo sospechosamente parecido a la euforia.

–Y... ¿usted quiere darme eso?

–Sí. Quiero mimarte como no te han mimado antes.

Unas palabras muy sencillas, pero muy peligrosas en su estado mental.

–¿Por qué? –preguntó ella antes de que pudiera evitarlo.

–Para empezar, espero que me recompenses con una de esas sonrisas que prodigas tan poco.

La miró con los ojos abiertos y ella se quedó sin respiración. Reflejaban un cariño que le dio un vuelco al corazón.

–Además, porque yo tenía a mis hermanos mientras sobrellevaba los problemas con mi padre, pero tú, que yo sepa, eres hija única, ¿no?

–Sí... –balbució ella intentando contener las lágrimas.

–Entonces, lo consideraremos una terapia –miró el plato y vio que tenía un trozo de tortita con miel clavado en el tenedor–. ¿Has terminado?

Ella no pensaba meterse ese último trozo en la boca mientras la miraba con esos ojos que todo lo veían, era insoportable.

–Sí, he terminado. Y gracias... Por esto, quiero decir. Y por...

Ella se calló al notar un torbellino de sentimientos. Él asintió con la cabeza y se levantó.

–Ha sido un placer –replicó Sakis tendiéndole una mano.

Cuando llegaron a la oficina, Brianna ya sabía que algo había cambiado entre ellos. Ni siquiera se molestó en intentar volver a la ecuanimidad, no podía, pero tampoco se sentía molesta por haber perdido esa batalla concreta. También ayudó que Sakis le diera inmediatamente una lista de cosas que quería que hiciera y pronto se encontraron enfrascados en lo que pasaba en Point Noire. Sobre todo, en las tareas de limpieza y los tripulantes que seguían desaparecidos.

A las seis de la tarde, después de haber hablado por quinta vez con Perla, la esposa de Morgan Lowell, Sakis tiró el bolígrafo en la mesa y se pasó las manos por el mentón.

–¿Le pasa algo?

Sus ojos cansados la miraron con una intensidad que la dejó sin respiración.

–Tengo que salir de aquí.

Él se levantó, fue hasta la puerta y se puso el exclusivo abrigo. Ella tragó saliva.

–¿Quiere que le reserve una mesa en un restaurante, que llame a una amiga para...?

Se calló porque la idea de concertarle una cita le dolía como un cuchillo clavado en el pecho.

–No estoy de humor para oír banalidades ni para que me cuenten quién se acuesta con quién.

Su respuesta la agradó más de lo que debería.

–De acuerdo, entonces, ¿qué puedo hacer?

Le brillaron los ojos antes de que él desviara la mirada y se dirigiera hacia la puerta.

–Nada –se detuvo con la mano en el picaporte–. Voy a quedar con Ari para tomar algo y tú vas a acabar por hoy. ¿Está claro, Moneypenny?

Ella asintió con la cabeza y con un vacío en el estómago que hizo que se odiase a sí misma. Quería estar con él, quería ser quien le borrara el cansancio que había visto en sus ojos. Además, durante todo el día, cada vez que la había llamado Moneypenny había querido que la hubiese llamado Brianna porque le encantaba cómo decía su nombre. Se miró los dedos sobre el teclado y no le extrañó que estuviesen temblando. Toda ella temblaba por la profundidad de sus sentimientos y eso la aterraba.

Cerró el ordenador y recogió la tableta, el móvil y el bolso. Entonces, sonó el teléfono y lo descolgó creyendo que sería Sakis, ¿quién si no iba a llamarla a esa hora?

–Dígame...

–¿Puedo hablar con Anna Simpson?

Se quedó petrificada y tardó un minuto en recuperar la consciencia.

–Creo que se ha equivocado de número.

La carcajada atroz la sacudió hasta lo más profundo de su ser.

–Los dos sabemos que no me he equivocado de número, ¿verdad, cariño?

Ella no pudo contestar porque el teléfono se le había caído de la mano.

–¡Anna! –insistió la voz con impaciencia.

Paralizada, consiguió recoger el teléfono.

–Ya le he dicho... que aquí no hay nadie que se llame así.

–Si quieres, puedo seguir el juego, Anna. Incluso, puedo llamarte Brianna Moneypenny, pero los dos sabemos que siempre serás Anna para mí, ¿verdad? –se burló Greg Landers.

Capítulo 7

QUÉ quieres, Greg? –le preguntó por el móvil mientras tiraba el bolso al sofá de su sala.

–¿No me saludas ni me dices nada amable? Da igual. Me alegro de que hayas sido lo bastante sensata como para llamarme. Aunque no sé por qué no querías hablar conmigo desde tu oficina. Me cercioré de que Pantelides no estaba allí antes de llamarte.

–¿Has encargado que lo vigilen? –preguntó ella sin salir de su asombro.

–No, he encargado que te vigilen a ti. Tú eres la que me interesa.

–¿Yo?

–Sí. Al menos, por el momento. ¿Por qué te has cambiado de nombre?

–¿Por qué crees? Me destrozaste la vida cuando mentiste y dijiste bajo juramento en el tribunal que yo me apropié de dinero de tu empresa. Los dos sabemos que tú abriste esa cuenta en las islas Caimán a mi nombre. ¿Crees que alguien me hubiese contratado si descubría que había estado en la cárcel por apropiación indebida?

–Vaya, vaya, no saquemos las cosas de quicio, ¿de acuerdo? No cumpliste ni la mitad de los cuatro años de prisión. Si te sirve de consuelo, yo solo esperaba que te dieran un azote.

–¡No me sirve de consuelo!

–Además –siguió él como si no la hubiese oído–,

tengo entendido que esas cárceles solo son un poquito peores que un campamento de vacaciones.

La cicatriz de la cadera, que se la hizo una interna con una cuchilla por no corresponder a sus atenciones, le abrasó por el desprecio a lo que había sido una época atroz de su vida.

–Es una pena que no lo comprobaras tú mismo en vez de ser tan cobarde y permitir que otra persona pagara por tu codicia. Ahora, ¿vas a decirme por qué me has llamado o cuelgo?

–Cuelga y mañana, cuando Pantelides se levante, lo primero que leerá sea tu pasado carcelario.

Ella agarró el teléfono con todas sus fuerzas.

–¿Cómo me has encontrado?

–Tú me encontraste a mí por la televisión. Imagínate mi sorpresa cuando la encendí, como cualquier persona espantada por el derramamiento de petróleo de Pantelides, y te vi justo detrás de él. Aunque tardé en reconocerte. Me gustas más rubia que morena. ¿Cuál es la verdadera?

–No entiendo...

Ella no siguió porque el Greg que había conocido, el hombre del que, neciamente, había creído que estaba enamorada, no había cambiado y nunca iba al grano hasta que él quería.

–Mi color natural es el rubio.

–Es una pena que llevaras ese castaño tan anodino cuando te conocí. Quizá me lo hubiera pensado dos veces antes de hacer lo que hice.

–No, eres un miserable y solo piensas en ti mismo. ¿Piensas decirme qué quieres?

–Estás alterada y no tendré en cuenta ese insulto. Ten cuidado u olvidaré mis modales. ¿Qué quiero? Es muy sencillo, quiero la Naviera Pantelides y vas a ayudarme a conseguirla.

Lo primero que pensó replicar fue que se había vuelto

loco, pero se contuvo. Se hundió en el pequeño sofá, el único mueble de la sala aparte de la mesita, y le dio vueltas a la cabeza.

–¿Por qué iba a hacer algo así?

–Para proteger tu pequeño y vergonzoso secreto, naturalmente.

Ella se pasó la lengua por los labios cuando el miedo amenazó con impedirle pensar.

–¿Qué te hace creer que mi jefe no lo sabe ya?

–No me tomes por tonto, Anna.

–Me llamo Brianna.

–Si quieres seguir llamándote así, me darás lo que quiero, y no te molestes en decirme que Pantelides conoce tu pasado. Es muy escrupuloso cuando se trata de los escándalos. No te habría contratado jamás si supiese que tienes un pasado tan turbio como el de su padre.

Ella se quedó sin respiración por la rabia, el asombro y el dolor.

–¿Sabes lo de su padre?

–Hago los deberes, cariño. Si él también los hiciese, ya habría descubierto quién eres en realidad. Sin embargo, me alegro de que no lo sepa porque ahora estás en la situación perfecta para ayudarme.

–¿Qué quieres que haga exactamente?

–Necesito información. Concretamente, qué miembros del consejo tienen una participación mayor, aparte de Pantelides, y cuáles estarían dispuestos a vender las acciones que tienen.

–Eso no dará resultado. Sakis, el señor Pantelides, te aplastará si te acercas a su empresa.

–¿Has vuelto a hacerlo, verdad, Anna? –le preguntó él en un tono levemente burlón.

–¿Qué...?

–¿Has ofrecido ese corazoncito tan tonto que tienes a otro jefe?

–No sé de qué estás hablando.

Sin embargo, en el fondo, no podía disimular la verdad. Sus sentimientos hacia Sakis habían pasado de lo meramente profesional a algo más. Algo que no pensaba analizar en ese momento, cuando necesitaba todo su cerebro para defenderse de su rastrero ex.

–Tienes cuatro días, Anna. Te llamaré y espero que tengas la información que necesito.

Se le secó la boca y el corazón se le aceleró por el miedo y la sensación de impotencia.

–¿Y si no la tengo?

–Tu jefe se despertará el sábado con una doble página de su impagable asistente en toda la prensa sensacionalista. Estoy seguro de que me costaría muy poco que la Naviera Pantelides empezara a salir otra vez en todas las redes sociales.

–¿Por qué lo haces? ¿No te conformas con los millones que acumulaste?

–Cualquiera sabe cómo conseguir un millón hoy en día. No, cariño, tengo más ambiciones. Había esperado que mi alianza con Moorecroft me las hubiese proporcionado, pero el majadero se ha plegado con el primer contratiempo. Afortunadamente, te tengo a ti.

–No he aceptado nada.

–Pero lo harás. Anhelas tu puesto casi tanto como yo anhelo la posibilidad de adquirir la Naviera Pantelides. No te equivoques, la conseguiré.

–Greg...

–Te llamaré el viernes. No me decepciones, Anna.

Él colgó antes de que pudiera decir algo más. Greg era un buitre dispuesto a alimentarse sin piedad de los más débiles.

Se quedó aturdida cuando se enteró de que él la había utilizado para que, hacía tres años, cargara con la responsabilidad de la caída de su empresa en crisis. Cuando, amablemente, le pidió que formase el consejo de administración con él, ella no sospechó nada, sobre todo, porque él llevó un experto legal para que se lo explicase todo. Naturalmente, ese experto legal había colaborado para vaciar la empresa antes de declarar la quiebra y que ella quedara desamparada. Tuvo tiempo para meditar sobre su estupidez y credulidad en la cárcel de máxima seguridad a la que le condenó el juez.

Se levantó con las piernas temblorosas. La mera idea de traicionar a Sakis le revolvía el estómago. Él nunca se lo perdonaría si ponía a su empresa en una situación tan vulnerable después del accidente del petrolero y cuando había desenterrado el recuerdo de su padre.

Podía dimitir inmediatamente, pero ¿impediría eso que Greg se vengara solo por rencor? Ni se planteaba decírselo a Sakis. Él había dicho que la traición era la traición y que el motivo era lo de menos cuando el daño estaba hecho. Miró alrededor y se estremeció. ¡Tenía que salir corriendo! Su espantosa infancia le había impedido acomodarse plenamente a ningún sitio, ni siquiera al que consideraba su refugio. Tardaría menos de media hora en salir de allí.

Apretó los puños y se paró en seco. ¿Por qué tenía que salir corriendo? No había hecho nada malo. Solo había cometido la estupidez de creer que Greg la quería, pero ya había pagado por eso. Dejó el móvil y fue a su dormitorio, igual de austero. La cama estaba sobre listones de madera y solo había un ficus alto y con grandes hojas. Sus únicos caprichos eran una manta de cachemir y las mullidas almohadas. En el armario empotrado solo había los trajes exclusivos que Sakis se había empeñado que tuviera, a costa de su cuenta de gastos, cuando entró en la Naviera Pantelides. Su ropa consistía en algunos vaqueros y camisetas, en un par de pantalones para correr y en dos pares de zapatillas de deporte. Sería fácil hacer el equipaje.

No, se negaba a pensar como una fugitiva, no se avergonzaba de nada. Se desvistió y fue al cuarto de baño con ganas de limpiarse la mugre que le había dejado la conversación con Greg. Sin embargo, su amenaza seguía flotando en el aire y, por mucho que se frotase, se sentía sucia por haberse planteado la posibilidad de la traición para salvar el pellejo.

Acabó oyendo las llamadas a la puerta por encima de los latidos de su corazón y del ruido de la ducha. Cerró el grifo y oyó su móvil justo antes de que volvieran a llamar a la puerta. Se puso la bata, fue hasta la puerta y miró por la mirilla aterrada por la posibilidad de que Greg la hubiese encontrado. La imagen de Sakis impidió que sintiera alivio. Al parecer, las dos personas que más la desasosegaban estaban dispuestas a irrumpir en su refugio por todos los medios.

–No... No sabía que supiera dónde vivo... –dijo mientras entreabría la puerta con el pulso alterado–. ¿Por qué ha venido?

–He venido porque... –él se pasó unos dedos por el pelo–. No sé muy bien por qué he venido. Sin embargo, sí sé que no quería quedarme solo en mi ático.

El cansancio que ella había vislumbrado antes en su rostro parecía multiplicado por cien.

–Yo... ¿Quiere entrar?

El asintió con la cabeza y los labios fruncidos. Ella se apartó sin respirar mientras él entraba en su diminuto refugio. Cerró la puerta y fue a la sala, que él recorría con pasos muy cortos.

–¿Puedo beber algo?

Ella no había tocado la botella de whisky que había en la cesta de Navidad y se alegró cuando la sacó y él aceptó con un gesto de la cabeza. Le sirvió una cantidad generosa y le entregó el vaso.

–¿No vas a tomar nada? –preguntó él sin dejar de mirar su vaso.

–La verdad es que yo...

Después de lo que había pasado esa noche, y de lo que se avecinaba, beber algo no le sentaría mal. Se sirvió una cantidad mínima, dio un sorbo y se atragantó cuando el líquido le abrasó el pecho. Sakis esbozó una sonrisa sombría, vació su vaso de un sorbo y lo dejó en la mesita.

–¿Por qué te marchaste?

El motivo fue como un fogonazo de remordimiento en la cabeza, aunque no había hecho nada.

–Hacía tiempo que no venía por aquí.

–¿Y eso te impidió contestar el teléfono?

Ella miró el móvil que había dejado en el sofá después de hablar con Greg. Lo agarró, lo encendió y vio las doce llamadas perdidas.

–Lo siento, estaba en la ducha.

Se acercó y se detuvo a un metro de ella, pero pudo notar la calidez de su cuerpo como una caricia. Consciente de que estaba desnuda debajo de la bata, intentó retroceder, pero tenía los pies clavados en la moqueta. Él la miró de arriba abajo y se detuvo al ver el movimiento entrecortado de sus pechos. Ella vio que apretaba y soltaba los puños mientras una avidez evidente le transformaba el rostro en una máscara hipnótica.

–Siento haberte interrumpido –murmuró él sin ningún arrepentimiento en el tono.

Al contrario, la intensidad de su mirada hizo que ella no pudiera contener un gemido y, sabiendo lo que se jugaba, se acercó y le tomó el mentón entre las manos.

–Me ordenó que dejase de trabajar y no sabía que iba a necesitarme esta noche.

Él contuvo la respiración y le miró los labios con voracidad.

–Al revés, Brianna, te necesito más que nunca. Eres la única que consigue que el mundo tenga sentido para mí.

–¿Lo...? ¿Lo soy?

–Sí. No me gusta cuando no puedo alcanzarte –él bajó la cabeza hasta que las frentes se tocaron–. No puedo hacer nada si no te tengo a mi lado.

–Ya estoy aquí –susurró ella con un nudo de sensaciones en la garganta.

¡No! Solo era deseo, pasión y compasión, una necesidad visceral de conectar con Sakis como no la había sentido con nadie, ni siquiera con su madre.

–Estoy aquí para lo que necesite.

La agarró con una mano del precario moño mojado y tiró de la cabeza hacia atrás.

–¿De verdad? –preguntó él mirándola a los ojos.

–Sí.

–Tienes que estar muy segura porque esta vez no podré detenerme. Si no quieres seguir, dímelo ahora –replicó él con la respiración entrecortada.

No podía pensar con el cuerpo de él apretado contra el de ella, pero sabía que podía ser la única ocasión para que estuviera con Sakis. Después del viernes, la habría despedido o habría dimitido. Desde un punto de vista egoísta, podría ser la última ocasión para vivir la felicidad que entrevió en el gimnasio, para ser lo suficientemente osada como para lograr algo que una vez se atrevió a anhelar.

–Brianna... –él lo dijo en un tono implacable, pero ella captó la vulnerabilidad.

–Sí, lo deseo...

La besó sin piedad, bajó la mano para agarrarla del trasero y la estrechó contra toda la extensión de su erección. Le devoró la boca con una voracidad fruto de la desesperación. Ella le entregó todo lo que tenía con la misma voracidad apremiante. Cuando las lenguas se encontraron, ella abrió más la boca para recibirla plenamente. Sakis volvió a gruñir y avanzó hasta que ella se topó con el pequeño sofá. Casi ni la empujó antes de cubrirla con su cuerpo inmenso. Una llamarada la asoló mientras yacían unidos desde el pecho hasta los muslos. Él levantó la cabeza y la miró como si quisiera grabarse en la cabeza todos sus rasgos. Cuando sus ojos se clavaron en sus labios, sintió la necesidad casi incontenible de lamérselos. Se pasó la lengua y, con placer, observó que los ojos de él se velaban.

–Sospechaba que, bajo esos trajes tan serios, eras una seductora, Moneypenny.

–No tengo ni idea de lo que quiere decir –replicó ella pasándose la lengua otra vez.

El gruñido de él fue la primera advertencia, pero había llegado demasiado lejos como para hacerle caso. Bajó la cabeza y rozó los labios de él con los de ella. Volvió a besarlo y el corazón le dio un vuelco de felicidad cuando él profundizó el beso. Sin embargo, se apartó de repente, se levantó y ella tuvo que hacer un esfuerzo para no gritar de desesperación. Él se limitó a quitarse la chaqueta y la corbata antes de levantarla del sofá.

–Tengo mucha suerte por tenerte, pero mi gratitud no es tanta como para hacer el amor en un sofá para enanos.

–Es un poco pequeño, ¿no?

–Quizá esté bien si quieres ser creativo, pero lo dejaremos para otro momento.

La emoción aumentó drásticamente cuando la tomó en brazos y la besó ardientemente.

–¿Dónde está el dormitorio?

Brianna lo señaló y él se dirigió hacia allí, pero ella dudó cuando llegaron a la puerta. ¿Qué pensaría cuando viera ese cuarto tan austero? Estaba intentando pensar una excusa cuando él la colocó horcajadas sobre su vientre.

–No me importa hacerlo de pie si lo prefieres. Solo tienes que decírmelo –susurró él contra su cuello mientras le tomaba un pecho que la bata había dejado desnudo al moverse–, pero dilo antes de que me abrase por dentro.

–El... El dormitorio está bien.

Abrió la puerta y contuvo el aliento, pero a Sakis solo le interesó la cama, no el cuarto casi vacío. La sentó sobre el colchón y se quitó los zapatos y los calcetines. También se desabotonó la camisa, pero no se la quitó completamente. La empujó para que se tumbara, le dio la vuelta, la puso a gatas y se colocó detrás.

–No sabes cuántas veces te he imaginado en esta postura –le levantó la bata y dejó escapar un gruñido de ansia al ver su trasero desnudo–. ¡No llevas bragas! Esto es mejor de lo que me había imaginado.

Con cierta brusquedad, agarró las mangas de la bata y se la quitó del todo. Ella se alegró de estar de espaldas para no tener que explicarle el tatuaje todavía porque no sabía si, arrastrada por el deseo, le diría toda la verdad. Además, estaba la cicatriz. No podía ocultarla para siempre, pero también se alegró de no tener que explicarla en ese momento porque la sensación de tener a Sakis acariciándole el trasero estaba derritiéndola por dentro.

–Me encanta tu trasero –dijo él con una veneración soez.

–Ya lo noto –replicó ella dominada por un placer femenino.

Él dejó escapar una risa profunda y no disimuló el anhelo. Brianna dio un respingo cuando notó que le besaba los dos glúteos antes de mordérselos con delicadeza. Siguió acariciándola con las dos manos y contuvo la respiración por el erotismo del momento, pero creyó que no podría respirar nunca más cuando le separó los muslos y notó su cálido aliento en los pliegues. La punta de la lengua le alcanzó el punto más sensible y no pudo contener un grito de placer. Tuvo que hacer un esfuerzo inmenso para que las manos la sujetaran y cerró los ojos. Siguió lamiéndola hasta que le separó los muslos un poco más. Soltó algo en griego y la besó con la boca abierta, la devoró como si fuese su comida favorita. Las sensaciones se le acumularon hasta que no supo cuál le gustaba más, si los dientes que le mordisqueaban el clítoris o la lengua cuando entraba con fuerza en ella. Solo sabía que él clímax, intenso y demoledor, se acercaba amenazadoramente. Se aferró a las sábanas y se dejó arrastrar cuando su boca se apoderó sin compasión del clítoris. Él dejó escapar un gruñido de satisfacción sin dejar de acariciarla con la lengua hasta que cesaron los espasmos. Vagamente, oyó que se levantaba y se quitaba los pantalones. Se quedó inerte y sin poder respirar.

–No te muevas, no he terminado contigo –le ordenó él agarrándola de la cintura.

–¿Un... preservativo? –preguntó ella con el poco raciocinio que le quedaba.

–Ya lo tengo –él le acarició un pezón con una mano y le deshizo el moño con la otra–. ¿Sabías que nunca te había visto con el pelo suelto?

–Mmm... Sí.

La incorporó e introdujo los dedos entre los mechones rubios que le cayeron por la espalda.

–Es un pecado tener este pelo maravilloso recogido día tras día. Te mereces un castigo.

El azote en el trasero le despertó otra vez los sentidos y se mordió el labio inferior cuando notó la imponente evidencia del deseo de él entre los glúteos.

–¿No cree que ya me ha torturado bastante? –preguntó ella.

–Ni mucho menos –contestó él tomándole los pezones entre los dedos–. Separa las piernas.

Ella obedeció porque deseaba eso más que respirar. Contuvo al aliento cuando su erección se introdujo un poco y él la sujetó con una mano para entrar un centímetro más.

–Sa...

¿Cómo era posible que estuviese unida a él de esa forma y no pudiera pronunciar su nombre?

–Dilo –le ordenó él.

–No puedo...

Él empezó a retirarse y el cuerpo de ella se retorció por la desesperación.

–¡No!

–Di mi nombre, Brianna.

–Sa... Sakis –balbució ella.

Él volvió a entrar con un gruñido.

–¡Repítelo!

–Sa... ¡Sakis!

–¡Buena chica! –él entró plenamente y se quedó quieto–. Dime si quieres que vaya deprisa o despacio. Para mí, será una tortura en cualquiera de los casos, pero quiero complacerte.

Quiso decirle que ya la había complacido mil veces más de lo que había podido imaginarse.

–Ahora –insistió él–, mientras todavía me funcione el cerebro...

La empujó hacia delante, la cubrió con el cuerpo y ella notó las primeras señales del clímax.

–Deprisa, Sakis, y con fuerza.

–Tus deseos son órdenes para mí –susurró él con los dientes apretados.

Soltó un gruñido y empezó a entrar y salir a un ritmo que hizo que el orgasmo se acercara más con cada acometida. Hasta que él se inclinó hacia atrás sobre las rodillas y los brazos de ella no pudieron soportar la oleada de sensaciones y cayó con el pecho sobre la cama. Tomó aliento antes de gritar por los espasmos de placer que la asolaron y oyó que Sakis soltaba un gemido profundo. Muy dentro de ella, notó que su turgencia vaciaba todo su placer.

Él se cayó de costado y la arrastró con él. En la oscuridad, la abrazó de espaldas y sus respiraciones fueron serenándose entre espasmos ocasionales.

Capítulo 8

SAKIS, un rato después, aunque le parecieron horas, la abrazó con más fuerza, le apartó el pelo de la cara y le dio un beso en la sien, delicado pero posesivo.

–Ha sido fantástico, *glikia mou.*

–¿Qué quiere decir?

–Eres inteligente, Moneypenny, averígualo.

–Te gusta mucho decir mi apellido. No pasa un minuto sin que digas «Moneypenny esto o Moneypenny aquello».

–¿Te extraña? –ella notó su sonrisa en su cuello–. Tu apellido me parece intrigante y sexy.

–¿Sexy?

–Antes de conocerte, solo lo había oído en una película de espías.

–¿Y te pareció que ella era sexy?

–Muchísimo, y muy infravalorada.

–Estoy de acuerdo en eso, pero solían pasarla por alto a cambio mujeres más sexys y descaradas y, además, era la que nunca se quedaba con el hombre que le gustaba.

–Bueno, creo que hemos subsanado eso esta noche... Además, tenía una capacidad asombrosa para perdurar. Como tú. Nadie en su sano juicio te pasaría por alto, Moneypenny, aunque te deslices como un cisne.

–¿Me deslizo como un cisne? –preguntó ella entre risas.

–Por fuera, eres serena y eficiente, pero, por debajo, agitas las patas con fuerza para impulsarte.

–Vaya, y yo que creía que nadie podía ver cómo agito las patas.

–Algunas veces, solo es un levísimo chapoteo. Como cuando hago algo mal y te mueres de ganas de ponerme en mi sitio.

–Entonces, ¿sabes que haces cosas mal? Supongo que el primer paso es reconocerlo.

–Como todos los hombres en mi posición, vivo al límite, pero algunas veces necesito un ancla y tú eres mi ancla –replicó él en un tono que hizo que a ella casi se le saltarán las lágrimas.

–Sakis... Yo...

La besó lentamente hasta que ella quiso más y fue a protestar cuando él se apartó.

–Tengo que quitarme el preservativo, ¿el cuarto de baño?

Ella se lo señaló y observó su espalda mientras se alejaba. Tuvo que agarrarse a la almohada ante la idea de que iba a hacer el amor otra vez con ese hombre sexy y viril. Sin embargo, el miedo se adueñó de ella. ¿Qué iba a hacer? Sakis, quizá involuntariamente, le había revelado cuánto la respetaba y valoraba. Era paradójico, pero cuando ya no tenía que temer por su empleo, sí iba a tener que dejarlo. No había alternativa. Nunca traicionaría a Sakis como lo habían traicionado antes y Greg podía irse al infierno. Descartó la posibilidad de sincerarse. No podría soportar que la mirara y viera otro fraude, como su padre, alguien que no le había contado la verdad sobre su pasado. Solo podía dimitir y buscar otro empleo lejos de allí, donde no la alcanzaran ni las amenazas de Greg ni los reproches de Sakis.

La tristeza y el dolor le atenazaron las entrañas y hundió la cabeza en la almohada. Dio un respingo cuando una mano cálida le acarició la espalda.

–¿Debería ofenderme porque te has olvidado de mi existencia?

Se recompuso y se dio la vuelta. Era impresionante aunque la tensión de esos días se reflejara en sus ojos. Sin poder evitarlo, lo agarró del pecho para acercarlo más.

–No me he olvidado. Siempre sé cuándo estás cerca, Sakis, siempre.

–No puedo creerme que haya esperado tanto para hacerte mía.

El tono posesivo hizo que el corazón le diese un vuelco de placer, pero era inútil. Nunca sería suya porque eso no duraría más de una semana. Sin embargo, dejó de pensar en eso.

–¿Aunque sea bastante dulce, pero no como para perder la cabeza?

–Aunque lo dijera, creo que los dos sabemos que fue una mentira descarada.

–Entonces, ¿cuál era la verdad?

La besó con indolencia, pero ella notó su erección y sintió una descarga eléctrica.

–La verdad era que quería tumbarte en la colchoneta del gimnasio y tomarte hasta que no pudieras hablar. ¿Qué habrías hecho si hubiese dicho eso?

–Habría dicho, adelante –contestó ella mordisqueándole el lóbulo de la oreja.

Él se incorporó, se puso encima de ella y la reclamó de la forma más elemental posible. Al cabo de unos segundos, sintió un deseo tan incontenible que no supo si suplicarle que se apiadara de ella o que no parara nunca.

–Sa... Sakis, por favor... –suplicó ella cuando le lamió un pezón.

–Me encanta que digas mi nombre. Repítelo.

Ella negó con la cabeza y él le mordió el pezón endurecido.

–Di mi nombre, Brianna.

–¿Por qué? –preguntó ella en tono desafiante.

–Porque es increíblemente sexy que grites mi nombre llevada por la pasión.

–Pero es... Pero parece...

–¿Demasiado íntimo? –él siguió el recorrido erótico por los pechos sin dejar de mirarla–. Hace que todo sea más intenso, ¿no?

Le separó los muslos con firmeza y empezó a acariciarla lentamente con un pulgar.

–Sí –contestó ella sin poder respirar y arqueándose.

–Muy bien, déjate llevar, Brianna...

–Dios...

–Es la deidad equivocada –comentó él riéndose.

Ese sonido dio otra dimensión a las sensaciones que la dominaban. Le pasó la lengua por el interior de un muslo y fue acercándose a donde el pulgar estaba desarbolándola. El placer la arrasaba y producía la reacción que quería él. Su nombre retumbaba dentro de ella y buscaba la salida. Sintió la tensión del clímax que se avecinaba y su lengua no cesaba, hasta que sustituyó al pulgar. Ella cerró los ojos y un gemido le brotaba de lo más profundo de su ser. Iba a tener un orgasmo como no había tenido jamás. Intentó agarrarse de las sábanas, pero encontró carne ardiente y musculosa. Abrió los ojos justo cuando él entró con toda su potencia.

–¡Sakis!

–¡Sí! ¡Qué ardiente estás!

Repitió su nombre como una letanía mientras el clímax más arrasador que había tenido la deslumbraba cegadoramente. Él siguió el ritmo entre gruñidos de placer.

–Brianna, *eros mou* –introdujo los dedos entre su pelo mientras la besaba–. Eres increíble.

Apretó los dientes para recuperar el dominio de sí mismo, pero sabía que era una batalla placenteramente perdida. El cuerpo cálido y sexy que tenía debajo lo enloquecía y, efectivamente, una parte de sí mismo decía que estaba loco por haber esperado tanto, pero otra se alegraba. Brianna nunca se habría entregado en circunstancias normales. No sabía qué había pasado esa mañana tomando café, pero algo había dado un giro inesperado y lo había aturdido. Sabía que ella también lo había sentido. No sabía si ese era el motivo para que hubiese acabado allí, pero no iba a desaprovechar la ocasión. Lo volvía loco, pero nunca, ni en mil años, habría soñado que el sexo con ella fuera a ser tan intenso.

Ella repitió su nombre, como si no pudiese dejar de decirlo una vez que se había dado permiso. A él le parecía bien, mejor que bien, porque era un afrodisiaco muy potente.

Iba a besarla otra vez cuando entrevió la frase tatuada en su clavícula izquierda. Ella, impaciente por el beso, se incorporó un poco y el pelo se apartó. *No voy a hundirme*, decía la frase con un ave Fénix al lado. Él ya sabía que era increíblemente valiente e intuía que su pasado, quizá su infancia, no habían sido fáciles. Se dio cuenta de lo poco que la conocía en realidad. No obstante, sí sabía que su integridad se había mantenido intacta a pesar de las adversidades.

Eso hizo que le brotara algo profundo y desconocido en su interior y, asombrosamente, la deseó más todavía. Acometió otra vez y se deleitó con su respiración entrecortada, pero quería más.

–Abre los ojos –le ordenó.

–¿Qué...? –preguntó ella con los ojos color turquesa velados por el deseo.

–Quiero que me veas, Brianna, que sientas lo que haces conmigo y que sepas que te valoro más de lo que te imaginas.

Se quedó boquiabierta y él la besó hasta que el clímax se acercó con toda su fuerza. Le separó más los muslos y arremetió entre los gritos extasiados de los dos hasta que explotó con un placer arrollador.

Esperó a que hubiesen recuperado el aliento para separarle el pelo y pasarle los dedos por el tatuaje. Ella se puso rígida.

–Muy interesante...

Era evidente que estaba pidiéndole una explicación, pero ella no podía destapar la caja de sus demonios cuando ya se había abierto tanto que Sakis podía ver a través de ella. Con solo unas palabras, él le había abierto de par en par el corazón.

Quiero que me veas... Eres mi ancla, Brianna... Te valoro más de lo que te imaginas...

–Brianna –insistió él en tono más tajante.

–Me lo hice... cuando dejé mi último empleo...

–La mayoría de las personas se toma unas vacaciones entre dos empleos. ¿Tú te hiciste un tatuaje? –le preguntó él con una curiosidad aterradora–. Y, además, muy elocuente. ¿Te sentías como si estuvieses hundiéndote?

–Supongo que no soy la mayoría de las personas –replicó ella con una risa forzada y deseando dejar de hablar–. Además, efectivamente, me sentía como si estuviese hundiéndome.

¡Lo había dicho! Él le pasó los dedos por el ave Fénix y luego lo besó.

–Sin embargo, saliste victoriosa.

–S... Sí... –balbució ella.

–Estamos de acuerdo en una cosa, no eres la mayoría de las personas. Eres única –él bajó la mano, le acarició un pecho y llegó hasta la cicatriz–. ¿Y esto?

Ella volvió a contener la respiración. ¿Acaso había creído que no se daría cuenta? Había recorrido todo su cuerpo con un detenimiento que le había producido un placer infinito y, naturalmente, se había fijado en la señal que le había dejado el corte de la interna.

–Me... Me atacaron. Me atracaron.

Eso era verdad, pero no podía decir dónde sucedió. Él dejó de acariciarla y soltó un juramento.

–¿Cuándo?

–Hace dos años.

–¿Atraparon al atacante? –preguntó mirándola a los ojos.

–Sí, lo atraparon –contestó ella cerrando los ojos–. Incluso, se hizo algo de justicia.

Si podía llamarse justicia a seis meses de aislamiento para una interna con cadena perpetua. Sakis, sin embargo, pareció quedarse satisfecho.

–Me alegro –replicó él acariciándola otra vez.

Brianna se despertó al oír movimiento en su dormitorio. Abrió los ojos y vio a Sakis al pie de la cama poniéndose los gemelos. Su expresión le llamó la atención. Ya no era el amante que le había susurrado palabras apasionadas, era el magnate multimillonario y, a pesar de la máscara, vio que la tensión no se había disipado completamente.

–Tengo que marcharme. Hay noticias.

–¿Cuáles? –preguntó ella sentándose y apartándose el pelo de la cara.

–Se han encontrado los cuerpos de dos tripulantes.

–¿Cuándo te has enterado? –preguntó ella con asombro y dolor.

–Hace diez minutos. Los encontraron a diez millas y los investigadores creen que se ahogaron.

–Dame diez minutos para que me duche. Yo... Tenemos que ocuparnos de que los repatríen.

Él dio la vuelta a la cama, se quedó delante de ella y le acarició una mejilla.

–Ya se han ocupado. Desperté al director de Recursos Humanos. Esos hombres murieron trabajando para mi empresa y soy el responsable. Él está organizándolo todo, pero voy a reunirme con las familias esta mañana para expresarles mis condolencias.

–No es el resultado que queríamos –replicó ella con tristeza–. ¿A quiénes han encontrado?

–Al segundo de a bordo y al primer oficial.

–Entonces, ¿sigue sin haber rastro de Morgan Lowell?

–Sí.

Eso significaba que también seguían sin saber qué había pasado.

–Haré lo que pueda para mantener a la prensa al margen, pero no puedo garantizar nada.

Intentó poner cara de profesionalidad, pero fue casi imposible cuando él le rodeó la cintura con los brazos y el infierno del deseo la abrasó por dentro.

–Están ocupándose de todo. Foyle dice que hay un protocolo establecido para todo esto. No podemos hacer nada más.

–Entonces, en estos momentos, sobro.

–Nunca –replicó él–. Nunca sobrarás para mí.

Su respuesta la asustó. Podía engañarse otra vez y creer que Sakis estaba empezando a necesitarla como una vez soñó que la necesitarían. Se soltó de sus brazos con una risa forzada.

–Jamás digas nunca. Voy a ducharme. Tardaré diez minutos. Si quieres, hay café en la cocina.

Él asintió con la cabeza y ella contuvo el aliento hasta que salió del dormitorio. Ocho minutos después, estaba poniéndose los zapatos de tacón mientras se hacía el moño. Se miró al espejo, se estiró las mangas del traje de Prada, recogió el bolso con la tableta dentro y salió.

Sakis estaba mirando por la ventana de la sala. Se dio

la vuelta al oírla y le dio una de las tazas que tenía justo cuando sonó su teléfono avisándole de que el chófer había llegado. Dio un sorbo mientras miraba al magnífico hombre que iba de un lado a otro. Un hombre que había tomado su cuerpo y que se había abierto paso a zonas de su corazón que creía marchitas. Alejarse de ese hombre la desgarraba de dolor y cuando él la miró con esos ojos hipnóticos, tuvo que hacer un esfuerzo para disimular lo que sentía. Tenía que dejar el dolor de corazón para más tarde porque, naturalmente, ese dolor era innegable. Lo sabía desde antes de haberse acostado con él y esa mañana, al verlo luchar contra la nueva adversidad, esos sentimientos habían sido más intensos.

–¿Necesitas algo antes de que nos marchemos?

–Sí, ven aquí.

Fue, deseosa, y él miró alrededor antes de dejar la taza en el alféizar de la ventana.

–Más tarde me explicarás por qué este apartamento no tiene casi muebles, pero, ahora, hay algo que me importa más.

–¿Qué?

–No te he dado los buenos días como Dios manda y es posible que no pueda hacerlo cuando salgamos de aquí –le dio un beso largo y profundo–. Buenos días, *pethi mou.*

–Bu... Buenos días.

–Vámonos o no nos iremos nunca.

Hicieron casi en silencio el trayecto hasta la oficina. Sakis, absorto, solo respondía con monosílabos y ella intentaba recuperar la profesionalidad. Cuando entraron en el aparcamiento subterráneo de las torres Pantelides, ella no podía soportarlo más.

–Si estás preguntándote cómo sobrellevar esto, no te preocupes. Nadie tiene que saber lo que pasó anoche. Sé lo que pasó con Giselle y...

–Es una historia muy antigua. Lo que pasa entre nosotros es distinto.

–¿Quieres decir que te da igual que alguien se entere? –preguntó ella con el pulso acelerado.

–No he dicho eso –contestó él poniéndose rígido.

El dolor que la atravesó fue tan insoportable como irracional. Se bajó del coche en cuanto se paró, pero Sakis la agarró de un brazo y despidió al conductor.

–Espera, no quería decir eso. Quería decir que no quiero, por nada del mundo, que te encuentres en el centro de la diana por mi pasado. Es muy fácil que la persona equivocada saque conclusiones equivocadas. No te mereces sufrir por los pecados de mi padre.

–Él... –ella retrocedió–. Él no fue siempre tan malo, ¿verdad?

Era impensable que hubiesen pasado una infancia tan distinta por fuera y tan parecida por dentro porque el corazón se le desgarraba cada vez que él hablaba de su padre. Ella, en definitiva, había conseguido soportar que no hubiese tenido ninguna relación con su madre.

–Sí, lo era. Era un conquistador y un extorsionador corrupto hasta la médula que disimulaba muy bien su verdadera forma de ser. Cuando lo desenmascararon, nuestras vidas cambiaron por completo. Los empleados de nuestra casa descubrían cada dos por tres a periodistas que rebuscaban por la noche en nuestra basura para encontrar más inmundicias.

–Es espantoso...

–Era espantoso, pero yo, equivocadamente, creí que no podía ser peor.

–¿Qué... más... averiguaste?

–Que mi padre tenía amantes por todo el mundo, no solo la secretaria que, cansada de sus promesas vacías, echó a rodar la bola de nieve. Cuando salió a la luz la primera amante, aquello fue imparable. ¿Sabes por qué lo hicieron todas?

Ella negó con la cabeza a pesar de que el miedo le atenazaba las entrañas.

–Por el dinero. Cuando detuvieron a mi padre y embargaron nuestros bienes, ellas comprendieron que se había acabado el dinero que financiaba sus vidas glamurosas y empezaron a vender historias al mejor postor, aunque mi madre intentara quitarse la vida por eso.

–Dios mío, lo siento, Sakis.

–¿Ahora entiendes por qué me cuesta confiar en los demás? –preguntó él con aspereza.

–Sí, pero no pasa nada por conceder el beneficio de la duda de vez en cuando.

Se avergonzó al darse cuenta de que estaba abogando por sí misma y él la miró con un gesto implacable, hasta que, lentamente, se relajó, le tomó la cara entre las manos y la besó.

–Brianna, por ti, estoy deseando dejar de ser escéptico y de esperar lo peor. Te aseguro que, en este caso, quiero comprobar que estoy equivocado.

Sin embargo, a las tres en punto de esa tarde, Richard Moorecroft llamó para confesar su participación en el accidente del petrolero.

Capítulo 9

UNA hora más tarde, Sakis estaba yendo de un lado a otro de su despacho cuando oyó que el jefe de seguridad entraba y saludaba a Brianna.

–Venid los dos –les pidió casi sin poder contener la rabia.

Intentó concentrarse en el jefe de seguridad, pero su mirada, como si tuviese vida propia, se dirigió hacia Brianna. Estaba imperturbable, como siempre, no quedaba ni rastro de la mujer que había gritado de placer la noche anterior ni de la que, con delicadeza, había escuchado todo lo que había dicho de su padre. Quiso odiarla por esa serenidad, pero se dio cuenta de que la admiraba. Cualquiera podría pensar que significaba más que... Le flaquearon las piernas por la intensidad de ese sentimiento desconocido. Apretó los dientes y se sentó en el borde de la mesa.

–¿Qué has encontrado? –le preguntó a Sheldon.

–Hemos indagado en la situación económica del segundo de a bordo, Isaacs, y del primer oficial, el capitán Green. Los dos recibieron cien mil euros en sus cuentas corrientes hace una semana.

–¿Sabemos de dónde procede ese dinero? –preguntó Sakis.

Esa misma mañana, habría pensado lo peor, pero, gracias a Brianna, les concedía el beneficio de la duda. Había reflexionado sobre lo que había dicho y se había dado cuenta de que el escepticismo había gobernado su vida.

–Moorecroft utilizó media docena de empresas pantalla para ocultar sus actividades. Habríamos tardado más sin su confesión, pero ha sido más fácil al saber dónde mirar y porque los tripulantes no disimularon en ningún momento el dinero que recibieron.

Se sintió dominado por una oleada de ira ante la confirmación de que Moorecroft había pagado a sus tripulantes para que encallaran el buque y eso facilitara la adquisición hostil de su empresa. Podía perdonar el daño sufrido por el buque, que estaba asegurado, pero no podía digerir esa pérdida de vidas y el peligro que había corrido toda la tripulación. Cuando habló con Moorecroft, con el rostro de dolor de los familiares de los tripulantes muertos muy presente en la cabeza, no dudó en decirle que esperaba que el peso de la justicia cayera sobre él sin compasión. Sintió una punzada de remordimiento al ver la expresión de Brianna, pero no podía perdonar que la codicia de un hombre hubiese llegado hasta ese punto.

–¿Se sabe algo de la cuenta corriente de Lowell?

–Estamos intentando llegar a ella, pero es un poco más complicado.

–¿Cómo de complicado? –preguntó él con el ceño fruncido.

–Su sueldo acababa en una cuenta suiza y son más difíciles de forzar.

–¿Consta eso en Recursos Humanos? –le preguntó él a Brianna

–No –contestó ella mordiéndose el labio inferior.

–Eso es todo, Sheldon. Infórmame en cuanto sepas algo más.

Sheldon asintió con la cabeza, se marchó y se hizo un silencio sepulcral.

–Estoy esperando que me digas que ya me lo habías advertido –comentó ella.

Él la miró como no se habría atrevido a mirarla con otra persona presente. Temía que su expresión delatara todos los sentimientos que lo abrumaban. Tenía que beber algo.

–No tiene sentido. Las cosas son así.

–Entonces, ¿por qué te sirves algo de beber en plena jornada laboral?

–Son casi las cinco, no es plena jornada laboral.

–No lo es para la mayoría de la gente, pero tú sueles trabajar hasta las doce casi todas las noches.

Sakis miró el whisky de malta, lo llevó a los labios y se lo bebió de un trago.

–Por si te interesa, estoy intentando entender qué lleva a que alguien cometa una traición como esta sin importarle el daño que hace.

–¿Has encontrado alguna respuesta en el fondo del vaso?

Él dejó el vaso con un golpe y fue hasta donde estaba ella.

–¿Estás intentando enojarme? Te aseguro que estás consiguiéndolo.

–Solo quiero que comprendas que no puedes culparte de lo que hacen los demás. Tampoco puedes perdonarlos ni...

–¿Ni?

–Ni puedes apartarlos de tu vida, supongo –contestó ella con cierta amargura.

–¿Quién te apartó de su vida, Brianna? –preguntó él con el ceño fruncido.

–No se trata de mí –contestó ella intentando disimular el dolor.

–Claro que se trata de ti –él la agarró de los brazos–. ¿Qué te hizo tu madre?

–Ella... Ella prefirió las drogas a mí. No quiero hablar de esto.

–Tú hiciste que esta mañana me sincerara contigo, creo que lo justo es que hagas lo mismo.

–¿Más terapia?

Ella intentó soltarse, pero él la agarró con fuerza.

–Háblame de ella. ¿Sigue viva? ¿Dónde está?

–Sí, está viva, pero no estamos en contacto desde hace tiempo.

–¿Por qué?

–Sakis, esto no está bien. Soy tu... Eres mi jefe.

–Anoche fuimos más lejos. Contesta a mi pregunta si no quieres que te demuestre cuáles son nuestras situaciones nuevas.

Ella contuvo el aliento y separó un poco los labios. Él quiso introducir la lengua, pero, por una vez, se impuso la necesidad de ver lo que había debajo de la máscara de Brianna Moneypenny.

–Ya... Ya te he dicho que no me críe en las mejores circunstancias. Por su dependencia de las drogas... vivimos en la calle desde que tenía cuatro años hasta que tuve diez. Algunas veces, pasaba días sin comer nada aceptable.

–¿Cómo? ¿Por qué? –preguntó él sin poder identificar a esa mujer con la niña que retrataba ella.

–No podía mantener un empleo durante más de un par de semanas, pero sí fue lo bastante astuta como para eludir a las autoridades durante unos seis años, hasta que su suerte la abandonó, si puede decirse eso. Los servicios sociales me apartaron de ella cuando tenía diez años. La encontré cuando ya tenía dieciocho.

–¿Le encontraste? –preguntó él sin disimular el asombro–. ¿La buscaste?

–Era mi madre. No me interpretes mal, la odié durante mucho tiempo, pero tuve que acabar aceptando que también era un ser humano atrapado por una adición que casi le destrozó la vida.

Sakis apretó los dientes y maldijo a la mujer que le había hecho eso y quiso aliviar su dolor más que cualquier otra cosa. ¿Qué estaba pasándole? Sin embargo...

–¿Casi?

–Sí. Acabó superando la adición durante los ocho años que estuvimos separadas y se organizó la vida. No puedo evitar pensar que yo se lo impedía. Ella nunca hizo nada mientras yo estaba cerca y siempre me miraba como si... me odiara.

–No se puede culpar a un hijo de que haya nacido. Ella tenía la obligación de cuidarte y no lo hizo. ¿Qué pasó después de que se curara?

–Volvió a casarse y tuvo otro hijo.

–Entonces, ¿fue un final feliz para ella, pero te apartó de su vida?

Él no disimuló la tristeza. Sus hermanos y él no tuvieron un final feliz y su madre siguió viviendo una vida vacía, como una sombra de la mujer vibrante que había sido.

–Sí. Supongo que no quería que yo le recordara nada –contestó ella con un desenfado exagerado.

Sakis sabía que estaba quitándole hierro, como había hecho él durante años. Sin embargo, cayó en la cuenta de algo. Ella había tenido una madre que la había descuidado dolorosamente y, aun así, había ido a buscarla cuando ya era mayor y estaba asentada. La compasión por ese acto de perdón le llegó a lo más profundo de su ser.

–Yo nunca perdoné a mi padre por lo que nos hizo, y menos por lo que le hizo a mi madre. Algunas veces pienso que murió intencionadamente en brazos de ella para clavarle el cuchillo más profundamente. Ella casi murió también llorándolo.

–No seas demasiado estricto con ella –Brianna le acarició una mejilla–. Ella tenía el corazón destrozado, como lo tenías tú.

Sin embargo, él había tenido a sus hermanos y a cientos de primos y tíos. Siempre había habido alguien cerca, incluso en los días más oscuros. Brianna, en cambio, no tuvo a nadie. La abrazó como si fuese un imán que lo atraía irremediablemente.

–Eres increíble, ¿lo sabías?

–¿De verdad? –preguntó ella mirándolo a los ojos.

–Sí. Consigues que me replantee algunas de mis creencias más profundas.

–¿Eso es bueno? –preguntó ella riéndose nerviosamente.

–Es bueno que me obligue a analizarlas. Aprender a perdonar es otra... –notó que ella se ponía rígida, pero le gustaba tanto abrazarla que no se preguntó el motivo–. Sin embargo, puedo intentar entender por qué la gente actúa como lo hace.

Ella intentó soltarse y él, a regañadientes, dejó que se separara unos centímetros.

–Debería volver a trabajar.

Él frunció el ceño. No quería que se alejara y no le gustaba la amenaza de lágrimas que veía en sus ojos. Sin embargo, notaba que ya estaba distanciándose y, además, se acordó de dónde estaban. Aunque nadie se atrevería a entrar allí y las puertas estaban cerradas. Solo quería darle un beso... Bueno, quería mucho más, pero... La miró y estaba acercándose a la puerta. Fue y puso una mano en el marco de madera. Ella se dio la vuelta con los ojos como platos.

–¿Qué pasa? –preguntó él.

–Nada. Iba a volver a mi mesa, señor...

–¡Ni se te ocurra llamarme así!

–De acuerdo –ella se pasó la lengua por el labio inferior–. ¿Puedo volver a mi mesa, Sakis?

La ira creció en la misma medida que la erección y la agarró de la cintura.

–¿Después de lo que acaba de pasar? Imposible.

Ella miró la puerta con anhelo y él deseó que mirase igual esa parte turgente de su anatomía.

–Por favor...

Él repasó la conversación y suspiró.

–No puedo cambiar de repente, Brianna. Tú puedes perdonar, pero a mí va a costarme.

–No quiero que cambies si tú no quieres. No tengo ningún interés.

Él cerró la puerta con pestillo y la tomó en brazos.

–¡Sakis!

–Vamos a ver qué interés tienes.

–¡Bájame!

Él, sin hacerle caso, la llevó a la mesa, la sentó en el borde y tiró todos los papeles volando.

–¡No esperarás que vaya a recogerlos yo!

Estaba congestionada, tenía la respiración entrecortada y lo miraba con furia, como a él le gustaba. Le espantaba la Brianna triste, asustada y solitaria, pero le espantaba más la Brianna fría y distante, sobre todo, después de la noche anterior, cuando había visto toda su pasión.

–Los recogerás si es lo que quiero, lo harás, ¿verdad?

–No. No soy tu doncella, eso no entra en la descripción de mi trabajo.

Él le agarró las manos y se las llevó al pecho.

–Desde anoche, la descripción de tu trabajo incluye hacer lo que me complace en el dormitorio.

–No estamos en el dormitorio. Además, ¿qué pasa con lo que yo quiero?

Él introdujo una mano entre su pelo, encontró la pinza y se la quitó. El pelo le cayó sobre el brazo y él tiró de él hasta que sus mejillas se rozaron.

–Podemos llamarlo una terapia beneficiosa para los dos. Además, sé lo que quieres.

Ella contuvo la respiración y él se rio. La apartó un

poco y le desabrochó el único botón de su chaqueta antes de que ella, atónita, pudiera tomar otra bocanada de aire.

–Sakis, por amor de Dios. Estamos en tu despacho.

–Está cerrado con pestillo y todo el mundo ha terminado la jornada, menos nosotros.

–Aun así...

La besó sin poder resistir la tentación. La calló y su gemido entrecortado retumbó dentro de él. Le bajó la cremallera del vestido y se lo quitó casi sin quejas. Se quedó paralizado.

–Por favor, dime que no has llevado lencería como esta desde que estás trabajando conmigo.

–No pienso –replicó ella con una sonrisa provocativa que borró el recelo de su rostro.

Ella se estiró y arqueó la espalda como una gata. Llevaba un corpiño que unía los ligueros con las medias y los pechos asomaban tentadoramente por encima. Se le hizo la boca agua y se inclinó hacia ella sin poder resistir el deseo. Le bajó una de la copas y le lamió el pezón. Ella dejó escapar un gemido que fue música celestial para sus oídos porque supo que no era el único que sentía algo tan disparatado. Le mordisqueó el pezón endurecido mientras se desvestía como podía. Una vez desnudo, la miró tumbada sobre la mesa y se quedó aturdido por su perfección.

–Vas a decirme que nunca me habías imaginado tumbada en tu mesa, ¿verdad?

Increíblemente, esa escena nunca se le había pasado por la cabeza.

–No, y me alegro. Creo que no habría podido trabajar si hubiese tenido una imagen así en la cabeza. Te he imaginado en la ducha, en el asiento trasero de mi coche, en mi ascensor...

–¿Tu ascensor? –preguntó ella estremeciéndose.

–Sí. En mi cabeza, mi ascensor privado ha presenciado muchas escenas muy tórridas contigo, pero esto supera hasta mi imaginación más calenturienta.

Siguió mirándola hasta que ella se movió incómoda. La sujetó con una mano y le quitó el minúsculo tanga con la otra, que introdujo entre sus muslos. Cuando alcanzó esa humedad tan cálida, creyó que nunca había estado tan excitado. Aunque, acto seguido, comprobó que se había equivocado. Brianna puso una mano en su muslo y algo tan sencillo hizo que se le desbocara el corazón. Fue subiendo la mano hasta que sus dedos rodearon sin reparos toda la extensión de su miembro.

–¡Dios!

–Es la deidad equivocada –replicó ella provocativamente.

Él consiguió reírse mientras ella lo agarraba con fuerza. Lo acarició una y otra vez, desde la punta hasta la base, y estuvo seguro de que había perdido la noción de la realidad. Por eso, no entendió que ella se humedeciera los labios y reptara por la mesa. Sin embargo, antes de que pudiera decirle algo por no quedarse quieta, lo tomó con su boca perfecta.

–¡Brianna!

Tuvo que agarrarse a la mesa cuando casi se desmayó al verse dentro de su boca. Tuvo que hacer un esfuerzo para respirar y para no explotar como un adolescente. Gruñó mientras ella lo lamía y su mano subía y bajaba como si quisiera volverlo completamente loco.

–¡Sí! ¡Así!

Sufrió ese tormento arrebatador hasta que tuvo que retirarse. Cuando ella se aferró y dejó escapar un gruñido, estuvo tentado de ceder, pero fue superior la posibilidad de tomarla otra vez y de demostrar que era suya. Tenía que cerrar esa distancia que ella había intentado abrir entre los dos. La besó por todo el cuerpo y ella volvió a retorcerse. Tardó unos segundos en encontrar el preservativo y en ponérselo, pero le parecieron siglos. Por fin, le separó los muslos y se colocó para entrar. Ella levantó la cabeza y lo miró con expresión de avidez.

–¿Te interesa esto? –preguntó él con voz ronca.

–Sakis...

–¿Te interesa, Brianna? A mí, sí.

–Sakis, por favor, no digas eso.

–¿Por qué?

–Porque no lo dices de verdad.

–Sí lo digo de verdad. Luché, pero, al final, no sirvió para nada. Te deseo, y deseo esto. ¿Lo deseas tú?

–Sí... Lo deseo...

Entró un poco más bruscamente de lo que había querido, pero lo necesitaba demasiado. Al ver que sus pechos se balanceaban con cada acometida, se preguntó si un corazón habría estallado alguna vez por la excitación porque aunque la había llevado al límite, no le parecía bastante, nunca se cansaría de ella. Aunque era un principio fantástico. Más tarde se pararía a analizar sus sentimientos porque estaba pasándole algo que no sabía definir.

Mientras se derretía de placer, le acarició la cicatriz y sintió una rabia incontenible. Si ella no le hubiese dicho que se había hecho justicia, él buscaría al hombre responsable de hacérselo y lo machacaría con sus propias manos. Ese afán protector desmesurado era otro sentimiento que tenía que analizar. La agarró de la nuca, le levantó la cabeza y la besó mientras notaba los espasmos de ella. Él cerró los ojos, soltó un gruñido que le brotó de lo más profundo de su ser y se dejó ir como no había hecho nunca. Tardó mucho en recuperar la noción de la realidad.

Brianna abrazó a Sakis con el miedo clavado en el corazón. Le había contado todo sobre su madre y él había sentido una compasión que le había llegado al alma y que había hecho que se diera cuenta de que si bien había perdonado a su madre por su adicción, lo que más le había dolido había sido que la abandonara cuando estaba limpia. Sin embargo, Sakis había reconocido que rara vez perdonaba. Intentó convencerse de que le daba igual. El viernes, cuando hubiese terminado el plazo, se habría marchado de allí. Greg le había mandado un recordatorio cada hora. Ella había quitado el sonido de móvil y se lo había guardado en el bolsillo de la chaqueta. Sin embargo, si le había dejado entrever su pasado, no había sido porque fuese a marcharse, había sido porque quería que él conociera a la verdadera Brianna Moneypenny, a la persona que fue Anna Simpson, a la hija de una adicta al crack que adoptó el nombre de soltera de su abuela para forjarse una identidad nueva. Se había mostrado a Sakis y se sentía más vulnerable que nunca. Él seguía siendo implacable con la traición. Si alguna vez averiguaba su pasado, no la perdonaría nunca por haber manchado su empresa con su reputación.

–Puedo oír que estás pensando –murmuró él contra su cuello.

–Acabo de hacer el amor contigo en tu mesa. Eso se merece que piense un poco, ¿no crees?

–Quizá, pero como va a ser algo habitual en nuestra relación, te aconsejo que te acostumbres.

Oyó que ella contenía el aliento, se apoyó en los codos y la miró.

–¿Te asusta la palabra «relación»?

Ella deseó que se le relajara el pulso y que se sofocara la esperanza que se avivaba en el pecho. No había ningún porvenir para ellos.

–La palabra, no, pero creo que esto va un poco deprisa. Anoche nos acostamos por primera vez.

–Después de haberme contenido durante año y medio,

creo que pedirme que me contenga ahora es pedir lo imposible. Necesitaré unas semanas para asimilar el efecto.

–Cuando me hiciste la entrevista, en esta misma mesa, me advertiste de que ni siquiera soñara con tener una aventura contigo.

Él tuvo la elegancia de parecer que se avergonzaba, pero eso tuvo un atractivo letal.

–Seguía furioso con Giselle y todas las que entrevistaba me recordaban a ella. Tú fuiste la primera que no me recordó a ella y cuando me di cuenta de que me atraías, me resistí con todas mis fuerzas porque no quería que se repitiera ese asunto tan feo.

Ella, incapaz de resistirse, introdujo los dedos entre su pelo.

–Ella te hizo daño, ¿verdad?

–Tengo que reconocer que no vi cómo era hasta que fue demasiado tarde.

–Vaya, no sé si sentirme complacida o decepcionada por saber que puedes equivocarte.

Él se irguió y la tomó en brazos como si no pesara nada.

–Nunca he dicho que sea perfecto, menos cuando se trata de ganar campeonatos de remo.

–La modestia es una virtud muy escasa, Sakis.

Él se rio abiertamente y ella se sintió dominada por el placer.

–Sí, como también lo es la capacidad de llamar a las cosas por su nombre.

–Nadie podría acusarte de ser apocado. Espera, ¿adónde me llevas?

–Arriba, a darte una ducha terapéutica.

–Creo que estás llevando el asunto de la terapia un poco lejos. Bájame, Sakis. ¡Nuestra ropa!

–Déjala –replicó él mientras llamaba al ascensor privado.

–Ni hablar. No voy a dejar que la limpiadora se encuentre mis bragas y todo en tu despacho –ella volvió y empezó a recoger su ropa–. No te quedes ahí. Recoge tu maldita ropa.

Él se rio y también empezó a recoger la ropa. Entonces, ella recogió los papeles tirados y los dejó en la mesa. Él se rio en un tono burlón.

–La próxima vez, vas a recogerlos tú.

Él le dio un azote en el trasero y la besó cuando ella dio un grito.

–Eso por desobedecerme, pero me gusta que reconozcas que habrá otra vez.

Se miraron a los ojos y, por primera vez, vislumbró una vulnerabilidad que nunca había visto en sus ojos, como si no hubiese estado seguro de que ella fuese a repetir lo que había pasado. Pagaría un precio muy elevado por seguir con eso, pero la necesidad de estar con él hasta que se marchara era demasiado fuerte.

–Habrá otra vez solo si yo estoy encima –susurró ella besándolo en la mejilla.

Sakis se despertó al oír la vibración del teléfono. Brianna estaba dormida, agotada por todo lo que él le había exigido a su cuerpo. Él también estaba aletargado y se planteó la posibilidad de no contestar el teléfono, pero el zumbido insistió. Se frotó los ojos y fue a agarrar el teléfono, pero se dio cuenta de que el que vibraba era el de Brianna.

Se levantó y rebuscó entre su ropa tirada hasta que lo encontró en el bolsillo de la chaqueta. Dudó y se sintió aliviado cuando dejó de sonar. Sin embargo, volvió a sonar casi inmediatamente. Suspiró con fastidio y pulsó el botón.

–Anna...

Era la voz impaciente de un hombre que no reconoció, aunque, naturalmente, no conocía a todos los hombres que la llamaban. Sin embargo, sintió una punzada de disgusto muy intensa ante la idea de que alguien tuviera el permiso de llamarla... Anna...

–Se ha equivocado. Es el teléfono de Brianna. ¿Quién es usted?

¿Por qué estaba llamándola a las tres de la mañana? Se hizo el silencio y la llamada se cortó un momento después. Intentó buscar el número, pero el teléfono estaba bloqueado. Lo dejó en la mesilla de noche y se acostó con los brazos debajo de la cabeza. La inquietud lo corroía por dentro aunque no tenía motivos para sospechar que no se hubiesen confundido de número. Podía ser una casualidad que otro hombre hubiese llamado a su amante y hubiese querido hablar con... Anna. Aun así, dos horas más tarde seguía despierto y oyó que entraba un mensaje. Agarró el teléfono con inquietud. El número seguía bloqueado, pero el mensaje lo dejó helado.

Te recuerdo amablemente que te quedan tres días para que consigas lo que necesito. G.

Capítulo 10

NO ERA nada, estaba sacando las cosas de quicio. Sakis se lo repitió una y otra vez mientras remaba en la máquina de su gimnasio a la seis de la mañana. Sofocó la voz que le indicaba que estaba alejándose de la verdad. ¿Qué verdad? No sabía lo que significaba el mensaje y lo más sencillo habría sido despertarla para preguntárselo. Sin embargo, se había levantado, había dejado el teléfono otra vez en la chaqueta y se había ido al gimnasio.

Agradecía el dolor entre los hombros y el sudor. Intentaba no hacer caso de la pregunta que le retumbaba en la cabeza, pero la sinceridad de sus actos era tan evidente como el ceño fruncido que veía reflejado en los espejos del gimnasio. Anoche, cuando le preguntó si le interesaba aquello, se quedó atónito por la necesidad que sintió de que contestara afirmativamente porque, en ese momento, se dio cuenta de que le interesaba sinceramente que Brianna formase parte de su vida como algo más que su asistente.

Te quedan tres días para que consigas lo que necesito....

¿Era una petición profesional? ¿Quién podía exigirle algo así profesionalmente? Si era personal... Dejó escapar un gruñido por los celos que le mordieron las entrañas. En ese momento, Brianna entró en el gimnasio y se quedó petrificada. Sus miradas se encontraron en el espejo y él sabía que su expresión era arisca. No le sorprendió que ella dudara.

–Volveré más tarde si te molesto.

Él soltó los remos, se levantó y se dirigió hacia ella. Sintió una descarga de adrenalina al ver su top de lycra y apretó los dientes ante la idea de hacer realidad otra de sus fantasías sexuales. Hizo un esfuerzo para no abalanzarse sobre ella y se desvió hacia las cintas para correr.

–Moléstame. La imaginación estaba a punto de jugarme una mala pasada.

Sonrió con poco convencimiento y empezó a programar la cinta que estaba al lado de la de él.

–Treinta minutos, ¿de acuerdo?

Ella asintió con cautela y se acercó a la máquina. Él iba a programar su máquina cuando la vio inclinada haciendo estiramientos.

–Dios...

Ella levantó la cabeza y se incorporó lentamente. Le miró el pecho y fue bajando la mirada hasta los pantalones cortos, que no podían disimular el efecto que tenía en él. Se quedó boquiabierta.

–Ya puedes ver el poder que tienes sobre mí –comentó él con una sonrisa tensa.

Ella subió a la cinta y la puso en marcha.

–No pareces muy contento.

–Me gusta mantener el dominio de mí mismo y tú lo alteras con tu cuerpo.

–Por si eso te consuela, para mí tampoco es nada fácil –replicó ella sonrojándose.

Sakis intentó identificar a la mujer inocente que se sonrojaba con la que podía ser falsa. No podía juzgar antes de conocer los datos. Tomó una bocanada de aire, puso su máquina en marcha y empezó a correr al lado de ella. Tardó todo un minuto en ceder a la tentación de mirarla. Gruñó al ver sus pechos balanceándose bajo el ceñido top y estuvo a punto de tropezarse, pero no dejó de mirarla. Ella intentó no hacerle caso, pero también se tropezó cuatro veces y tuvo que agarrarse a los asideros para poner los pies en la parte fija de la máquina.

–Sakis, por favor, deja de hacer eso. No puedo concentrarme.

Él resopló y paró la máquina con un manotazo.

–Entonces, será mejor que dejemos de hacerlo los dos antes de que nos lesionemos –también apagó la máquina de ella–. Si quieres hacer ejercicio, se me ocurre uno mucho mejor.

–¡Sakis!

–No puedo entender que te dejara que me llamases señor Pantelides durante año y medio cuando oír mi nombre dicho por ti me produce la erección más dura de mi vida.

Ella dejó escapar un sonido entre el asombro y la queja cuando la tomó en brazos, pero le rodeó el cuello con los brazos.

–¿Debo preguntarte a dónde me llevas?

–Me encantaría tomarte sobre la cinta, pero no tengo preservativos aquí y tampoco quiero arriesgarme a que entre algún directivo. Tendremos que conformarnos con mi sauna.

La duchó brevemente antes de entrar con ella entre el vapor de su sauna privada y no hizo ningún caso de la vocecilla que le decía que estaba escondiéndose detrás del sexo para no preguntarle nada sobre el mensaje de texto. Sin embargo, mientras la ponía a horcajadas encima de él y entraba profundamente, sabía que tendría que afrontarlo antes que después. Se negaba a que el recelo lo corroyera, esos días había encontrado la paz de espíritu entre sus brazos y no quería que la desconfianza o los fantasmas del pasado la mermaran.

Ella lo abrazó con fuerza mientras alcanzaba el clímax.

–Sakis... Es maravilloso... –susurró contra su cuello.

–Sí... Sería una pena que algo lo estropeara... –le levantó la cabeza para mirarla a los ojos–. ¿Verdad? –añadió mientras entraba más dentro para poseerla completamente.

–Sí –contestó ella con los labios entreabiertos por el clímax.

–Entonces, evitemos que suceda.

La perplejidad que veló sus ojos dejó paso a un éxtasis deslumbrante que transformó su rostro. Él dejó escapar un gruñido arrastrado por los espasmos de ella y también se liberó como no se había liberado jamás en su vida.

La llevó a la ducha aunque ella todavía se estremecía y la lavó en silencio. Luego, se lavó él aunque notaba las miradas de perplejidad de ella, quien atacó en cuanto llegaron al dormitorio.

–¿Este silencio tenso es parte de tu ritual poscoito o está pasando algo que debería saber?

Él maldijo ser tan receloso, pero pasó por alto su cuerpo envuelto en la toalla y se fijó en el teléfono que estaba en la mesilla. Había visto el mensaje.

–Sakis...

–Esta mañana he empezado las negociaciones para la operación con China y no son los mejores clientes con los que negociar en estos momentos. No quiero que nada frustre esta operación.

–Claro, no veo nada que pueda perjudicar tus negociaciones –replicó ella.

Él sintió alivio, pero también sintió una opresión en el pecho cuando pensó que ese mensaje había sido de un hombre que había creído que podía exigir algo a la mujer que él había reclamado como su amante. Volvió a darse cuenta de lo poco que conocía de verdad a Brianna Moneypenny... ¿o se llamaría Anna? Tomó aliento y sacó unos calzoncillos del cajón.

–¿Estás segura? Solo nos faltaba que empezaran a salir esqueletos de los armarios en este momento. Creo que mi empresa ya ha tenido bastantes hasta dentro de mil años.

–Estoy segura –contestó ella al cabo de unos segundos que a él le parecieron años.

–Perfecto.

Se dio la vuelta y vio que ella se mordía el labio inferior. Se le aceleró el pulso y se preguntó cómo era posible que volviese a anhelarla después del orgasmo tan increíble que había tenido hacía quince minutos. Volvió a darse la vuelta y siguió vistiéndose. Si se dejaba llevar por el deseo, nunca saldría de ese cuarto. Oyó que la toalla caía al suelo y se aferró a los calcetines.

–Entonces... ¿se trata de la operación con los chinos y no tiene nada que ver con... con lo que ha pasado entre nosotros?

Él se puso los pantalones con cierta violencia.

–Ya he dejado muy claro lo que siento sobre eso. No lo has olvidado, ¿verdad?

–No, claro que no –contestó ella.

¿Había captado cierta vacilación en su voz? Su instinto le pedía a gritos que le preguntara por el mensaje. Fuese privado o no, ¿si ella estaba ocultándole algo, no debería preguntárselo cuanto antes? Se puso la camisa con el corazón acelerado y la miró.

–Fantástico. Entonces, ¿te importa decirme de qué trata ese mensaje que tienes en el teléfono?

Brianna necesitó todo el dominio de sí misma que pudo reunir para no gritar.

–¿Qué mensaje? –preguntó ella para ganar un poco de tiempo.

–Alguien llamó a tu teléfono de madrugada, preguntó

por Anna y colgó. Luego, llegó un mensaje. ¿Puedes explicarlo?

No estaba preparada. Esa mañana se había despertado y se había quedado en la cama sabiendo con toda certeza que se había enamorado de Sakis y que tenía que ser sincera, pero no había pensado hacerlo en ese momento, cuando Sakis tenía tantas cosas entre manos. Había pensado darle la dimisión por escrito, con una confesión sobre su pasado, con la esperanza de que él le perdonara por haberle mentido sobre quién era.

–Brianna... –insistió él en un tono frío e inexpresivo.

–Es un amigo... Quiere que le haga un favor.

–¿Y te llama a las tres de la madrugada? ¿Qué favor? –preguntó él con el ceño fruncido.

–Que lo ayude... con su trabajo.

–Entonces, ¿no era una llamada personal?

–No –contestó ella con firmeza porque era completamente verdad.

Él se acercó a donde estaba ella, quien tuvo que contener la respiración al tenerlo tan cerca con la camisa abierta y ese pecho musculoso al alcance de la mano.

–No será un competidor, ¿verdad? ¿Está intentando comprarte?

–No, no está intentando comprarme.

Él le levantó la barbilla para que lo mirara a los ojos. Al parecer, se quedó satisfecho con lo que vio porque asintió con la cabeza, agarró la toalla que ella sujetaba malamente y se la quitó. Entonces, la besó en la boca y la acarició por todo el cuerpo. Justo cuando creía que iba morirse de deseo, él la soltó.

–Me alegro porque si no, lo habría buscado y descuartizado. Vístete y ponte uno de esos trajes tan serios. Me moriré al imaginarme lo que hay debajo, pero, al menos, no me abalanzaré sobre ti cada vez que entre en mi despacho.

Respiró aliviada por la prórroga que le había concedido, aunque la hubiese conseguido de una manera tan cobarde. En cierto sentido, demostraba la presión que sufría Sakis para que no hubiese insistido más... ¿o estaría empezando a confiar en ella? Recogió la ropa de la noche anterior y volvió a su suite. Le había concedido una prórroga, pero ¿habría dejado sin valor la confesión que tendría que hacer al no reconocer la verdad en ese momento? Cuando le dijera a Sakis quién le había mandado el mensaje, la maldeciría para siempre.

Lo amaba y lamentaba que no se hubiesen conocido antes de que ella tuviera que esconder su identidad y arriesgar su porvenir sin saberlo. El teléfono vibró mientras se ponía los zapatos.

–Necesito más tiempo –dijo ella sin saludar.

–No te habrá descubierto, ¿verdad? –preguntó Greg.

–No, pero si llamas y escribes a las tres de la madrugada, lo complicas todo.

–¿Cuál es el problema si no te ha descubierto?

–Me observan mucho en estos momentos y tengo que hacer bien las cosas o todo acabará muy mal para los dos.

Le abrasaba la piel con cada mentira y tenía la sensación de que un rayo iba a fulminarla.

–Tengo que irme de la ciudad inesperadamente. Tardaré como una semana en volver. Tienes hasta entonces para darme la información. Si no, se acabó. No me pongas a prueba, Anna.

Se estremeció. Ya no era Anna Simpson. El cambio de nombre había sido un paso para reinventarse, pero no había sentido que había renacido de verdad hasta que se vio a través de los ojos de Sakis. El día anterior había dicho que era increíble y durante toda la noche le había dado un placer que iba más allá de lo físico, y que había sido más maravilloso por lo que sentía hacia él. La idea de vivir sin él era como una lanza que le atravesaba el corazón.

Seguía sintiendo ese dolor cuando entró en el comedor, y casi se le saltaron las lágrimas al ver las fuentes con tortitas, el sirope de chocolate y de fresa y la infinidad de condimentos.

–Anoche hicimos el amor con ganas y gritaste más de una vez –comentó él arqueando una ceja–. Estoy intentando que mi vanidad no se resienta porque estás a punto de llorar por el desayuno y no por cómo hicimos el amor.

–Es que... Nadie había hecho algo parecido por mí.

–Es lo mínimo que te mereces.

Tenía que decírselo en ese momento. Sin embargo, ¿cómo iba a hablarle de Greg sin que todo se interpretara mal? ¿Cómo podía confesarle su amor sin que pareciera que lo hacía para que la perdonara? Le había concedido más tiempo con él y, egoístamente, quería ese tiempo. Quizá pudiese aprovecharlo para demostrarle lo que significaba para ella con hechos, no con palabras. Lo besó hasta que él gruñó.

–Si me das besos así, tendrás tortitas todos los días. Antes de que empieces a hablarme de calorías, te aseguro que el ejercicio que harás en mi cama las quemará.

Él se rio cuando ella se sonrojó, la ayudó a sentarse y le sirvió una tortitas con fresa. Era una mañana soleada y él sonreía. El corazón se le encogió, pero cuando la miró con los ojos como ascuas, el deseo le atenazó las entrañas. Entonces, el zumbido de su teléfono rompió ese ambiente sensual. Sakis contestó y el mundo real se adueñó de todo.

Tomaron el ascensor, después de un beso arrebatador y tentador, y el día tomó su curso vertiginoso. Cuando la llamó a la seis de la tarde, ella entró en su despacho con la tableta en ristre y se quedó petrificada al ver su expresión tensa.

–Lo hemos localizado en Tailandia.

–¿Al capitán Lowell?

–Sí.

–¿Está vivo?

–Ayer lo estaba. Aunque las autoridades creen que hay alguien más detrás de él, aparte de nuestro equipo de seguridad –contestó él con un gesto sombrío.

No podía ser Greg... ¿o sí? Ella se pasó la lengua por los labios con nerviosismo.

–¿Qué quieres que haga?

–Por el momento, nada. Estoy esperando a que los abogados evalúen la situación.

–¿Quieres que cancele la fiesta que querías que organizara para la tripulación?

Llevaba todo el día organizando la fiesta que Sakis quería celebrar en Grecia.

–No. La fiesta se mantiene. La tripulación y los voluntarios se la merecen por todo lo que han hecho. Un hombre no va a estropear el disfrute de mis empleados.

–¿Y la esposa de Lowell? ¿Vas a decirle que lo has encontrado?

Una sombra de angustia cruzó el rostro de Sakis y ella supo que estaba acordándose de su madre cuando las víboras maledicentes le destrozaron la vida.

–No quiero ocultarle nada, pero tampoco quiero que sufra por conjeturas. La llamaré cuando sepamos todos los datos.

–Entonces, seguiré con los preparativos para llevar la tripulación a Grecia.

–Espera –se acercó a donde estaba ella y la besó apasionadamente–. Cuando esto haya terminado, te llevaré a mi chalé en Suiza y nos encerraremos durante una semana. Si una semana no basta, seguiremos hasta que estemos saciados y no podamos movernos. Solo entonces dejaremos que el mundo vuelva a entrar. ¿De acuerdo?

Se le paró el pulso. Cuando eso hubiese terminado, ella se habría marchado, pero asintió con la cabeza, volvió a su mesa y se dejó caer en la silla con dolor y tristeza.

La noticia de que habían detenido a Lowell y se negaba a colaborar desbarató la noche. A la una, Sakis dejó de ir de un lado a otro y la levantó del sofá donde estaba organizando el itinerario del día siguiente.

–Acuéstate.

–¿Sola? –preguntó ella sin poder evitarlo.

–Iré cuando haya recibido la última información de los abogados –contestó él dándole un beso.

Una hora más tarde, cuando llegó, estaba exaltada por el deseo. Mientras la arrastraba hacía otra explosión de felicidad deslumbrante, supo que, independientemente de a dónde fuera, su corazón siempre pertenecería a Sakis Pantelides.

Capítulo 11

SU CASA en Grecia se elevaba sobre las aguas de color turquesa al oeste de las islas Jónicas. La enorme villa, aunque blanca y de estilo tradicional, estaba dotada con las comodidades más modernas. Por ejemplo, la piscina rodeaba todo el edificio y entraba en parte por el salón. La primera noche que pasó allí, hacía dos días, salió de su dormitorio a la terraza y se encontró con Sakis, desnudo, con dos copas de cristal y una botella de champán metida en hielo, dentro de un enorme jacuzzi. Sin embargo, lo que más le gustaba de esa isla era la tranquilidad.

No obstante, ese domingo, con gente por todos lados que disfrutaba de la generosidad de su anfitrión, la isla paradisíaca era una isla bulliciosa. Se mantuvo al margen de la multitud y observó distraídamente a un par de empleados empeñados en emborracharse lo antes posible. Le vibró el teléfono en la mano y el corazón le dio un vuelco.

Necesito que me pongas al día inmediatamente. G.

Los mensajes de Greg habían sido muy frecuentes y apremiantes durante el último día. Estaba quedándose sin tiempo y sabía por experiencia que su paciencia no duraría más. Se había aferrado a la posibilidad de pasar más tiempo con Sakis, pero se había acabado irremediablemente. Sintió una punzada de dolor al dirigir la mirada hacia donde estaba con sus dos hermanos. Los tres eran impresionantes, pero, para ella, Sakis sobresalía claramente por encima de Ari y Theo. Irradiaba una fuerza y un dominio de sí mismo que le llegaba muy hondo y le emocionaba que protegiera con uñas y dientes a quienes le eran leales. ¿Qué se sentiría si un hombre así la amara? Le escocieron los ojos por las lágrimas al pensar que nunca lo averiguaría, que nunca sabría lo que sentiría al ser amada por alguien digno del amor de ella.

El teléfono vibró otra vez.

He dicho inmediatamente. ¡Contéstame!

Lo apagó con rabia y se dirigió hacia los escalones que llevaban a la playa. Las lágrimas le nublaban la vista y maldijo el destino que le ofrecía lo que más anhelaba con una mano y se lo arrebataba con la otra. Naturalmente, había más empleados en la playa, pero esbozó una sonrisa y siguió andando hasta que estuvo lejos de la fiesta y la música. Se sentó en una roca y dejó que las lágrimas se derramaran. Cuando no le quedó ninguna, la decisión era irreversible.

–¿Qué tal lo está haciendo tu mujer milagrosa?

Sakis tuvo que hacer un esfuerzo para contenerse por la ironía del tono.

–Si no quieres que te machaque la cara, mide tus palabras.

Ari y Theo arquearon las cejas y Theo le dio un codazo a su hermano mayor entre risas.

–La última vez que reaccionó tan violentamente por una chica fue cuando éramos niños y dije que iba a darle una piruleta a Iyana y quiso atropellarme con su bicicleta. Ten cuidado, Ari.

–Cierra el pico, Theo.

Sus hermanos se rieron más de él, quien bebió más champán y vio que Ari lo miraba con los ojos entrecerrados.

–Te has acostado con ella, ¿verdad? ¿No tienes cerebro?

–A lo mejor es que no piensa con el cerebro –añadió Theo sin dejar de reírse.

–Os lo aviso, no os metáis en mi vida personal.

–¿O qué? –preguntó Theo–. Recuerdo lo bien que te lo pasabas metiéndote en la mía. Mandaste flores a aquella mujer chiflada cuando sabías que estaba intentando deshacerme de ella. ¿Te acuerdas de cuando me quitaste el móvil y mandaste mensajes eróticos al hermano luchador de aquella modelo con la que estaba saliendo? No pude volver a mi piso durante una semana. La venganza se sirve fría y yo solo estoy empezando.

Se tragó la réplica hiriente porque sabía que lo que lo corroía no eran las burlas de sus hermanos. Era Brianna y los mensajes secretos que seguía recibiendo. Ella creía que él no se daba cuenta de su desasosiego cada vez que el teléfono sonaba. Se había levantado a las cinco de la mañana y cuando él le dijo que volviera a la cama, ella replicó que tenía que comprobar que todo estaba organizado para la fiesta. Eso ya había durado demasiado. Se había tragado su explicación sin darle demasiadas vueltas. Esa noche, después de la fiesta, averiguaría por qué estaba tan alterada y lo arreglaría. Quería que le hiciera caso solo a él y no quería que lo dejara en la cama al alba para hacer... no sabía qué...

–¿Vas a castigarnos con el látigo de tu indiferencia? ¡Caray, tiene que ser grave! –se burló Theo.

–La madre de... ¿Qué pasa si siento algo por ella?

–Algunos nos preguntaríamos cuántas veces tienes que quemarte antes de aprender la lección.

–No es lo mismo, Ari. Confío en ella.

Era verdad. Se había abierto paso hasta un sitio que creía muerto desde la traición de su padre y, además, le gustaba. Ya no se sentía desolado y amargado y pensaba seguir así.

–¿Estás seguro? –le preguntó Ari.

Quiso decirles que no se preocuparan, pero algo se lo impidió. Quizá sí debieran preocuparse...

Dejó esa idea de lado y miró a Theo esperando más burlas, pero su hermano estaba serio.

–¿Los investigadores van a dar por zanjado el asunto de Lowell? –preguntó Theo.

–No. Creen que hay alguien más. Es posible que Lowell haya trabajado para Moorecroft y para alguien más, alguien que le impide hablar. Han encontrado evidencias escritas y creen que podrán darme un nombre antes de veinticuatro horas.

Oyó el grito de un hombre bebido, miró alrededor y vio a uno de sus ejecutivos que se abalanzaba sobre una rubia. Frunció el ceño al darse cuenta de que hacía mucho tiempo que no veía a Brianna. Ella sabía hacerse cargo de esas situaciones, pero no la veía por ningún lado.

–Se ha ido hacia la playa –le informó Ari en voz baja.

¿Tan evidentes eran sus sentimientos? ¿A quién le importaba? Brianna había derribado todas las barreras que había puesto alrededor del corazón. La anhelaba cuando no estaba cerca y no se cansaba de ella cuando sí lo estaba. Alguien podría llamarlo amor, pero él prefería llamarlo... No supo cómo llamarlo, pero, fuera lo que fuese, había decidido ver a dónde lo llevaba. Sin embargo, antes tenía que llegar al fondo de lo que le preocupaba a ella.

El ejecutivo bebido dejó escapar una carcajada y la rubia parecía a punto de echarse a llorar. Entonces, un estrépito llegó desde el lado opuesto de la carpa.

–Ari, ocúpate del patoso ese y yo iré a comprobar lo otro –le propuso Theo.

Sakis asintió con agradecimiento y se dirigió hacia los demás invitados. Sin embargo, Ari lo siguió al lado.

–¿Estás seguro de lo que estás haciendo?

–Nunca había estado tan seguro.

La respuesta tenía tanta firmeza que le quitó un peso desconocido que tenía en el pecho. Quería a Brianna en su vida, para siempre.

–Entonces, te deseo lo mejor, hermano.

La emoción y la gratitud se adueñaron de él cuando Ari lo agarró del hombro, pero su hermano se dirigió hacia el gentío antes de que pudiera tragar el nudo que se le había formado en la garganta. Al cabo de unos segundos, el ejecutivo estaba debajo de una fuente para que se le pasara la borrachera y la rubia estaba ruborizada por el encanto sarcástico de Ari.

Sakis miró hacia la playa justo cuando Brianna reaparecía en lo alto de los escalones. Se quedó sin aliento. Era la primera vez que la veía con ese vestido de algodón rojo y dorado que le llegaba justo hasta encima de las rodillas, que se le ceñía a la cintura y que se movía con su seductor contoneo mientras, sonriente, se mezclaba con la multitud. Giró la cabeza hacia él, quien apretó los dientes al captar una cautela fugaz que le veló los ojos. Sin embargo, cuando llegó hasta donde estaba ella, ya tenía el rostro imperturbable de siempre.

–Se acerca el momento de tu discurso –comentó ella.

–Ojalá no hubiese aceptado pronunciarlo.

Quería besarla para que olvidara sus preocupaciones y sin importarle las habladurías de la oficina, pero ella no lo recibiría bien y se contuvo.

–Sin embargo, tienes que pronunciarlo. Están esperando.

–De acuerdo –concedió él dándose la vuelta.

–Espera –ella lo agarró del brazo antes de soltárselo otra vez–. Yo... Tengo que hablar contigo, después de la fiesta.

Estaba nerviosa y él volvió a sentir la intranquilidad que sintió cuando vio el primer mensaje. Asintió con la cabeza y fue a pronunciar el discurso. Luego, durante una hora, se mezcló con sus empleados, los voluntarios y el equipo de salvamento. Sin embargo, se ocupó de que Brianna no se despegara de él. Fuera lo que fuese lo que tenía que contarle, no iba a permitir que estropeara lo que tenían.

Respiró con alivio cuando llegaron las barcas que iban a llevarse a los invitados a Argostoli, donde les esperaba el avión que los devolvería a Londres. Cuando embarcó el último invitado, se dirigió hacia Brianna, que estaba despidiendo al personal del catering.

Por fin... Se moría de ganas de tocarla, pero cuando ella lo miró, su expresión de desolación le heló la sangre.

–Brianna, ¿puede saberse qué pasa?

–Espera, aquí, no. ¿Podemos entrar?

–Claro –él le tomó una mano y le besó el dorso–, pero, sea lo que sea, date prisa. Llevo desde el amanecer con ganas de hacer el amor contigo y no sé cuánto aguantaré.

Ella lo miró de soslayo con el dolor reflejado en los ojos y a él se le aceleró el corazón. Pasó junto a Ari y Theo en el pasillo y ni siquiera se fijó en la mirada que se intercambiaron.

–¿Qué pasa? –le preguntó a Brianna mientras cerraba la puerta del despacho.

Ella no dijo nada. Parecía muy desdichada y sintió una necesidad apremiante de consolarla.

–Brianna, sea lo que sea, no podré arreglarlo mientras no sepa qué es.

–Ese es el problema, Sakis, no creo que puedas arreglarlo.

Él se quedó helado y esperó con los puños apretados.

–Hace unos años trabajé para Greg Landers.

–¿Landers? ¿El hombre que estaba colaborando con Moorecroft?

–Sí, pero entonces tenía una empresa de compraventa de gas.

–¿Y? –su intuición le decía que había mucho más–. Es G., el que te escribía los mensajes.

–Sí.

Sakis tomó aliento y tuvo que hacer un esfuerzo para mantenerse de pie.

–¿Es tu amante?

–¡No! –exclamó ella aunque con cierta vergüenza–, pero lo fue.

Él nunca había entendido los celos hasta ese momento, cuando solo podía sentir una rabia devastadora y un dolor abrasador.

–¿Por qué te llama Anna?

–Porque mi verdadero nombre es Anna Simpson. Lo cambié a Brianna Moneypenny después...

–¿Después de qué?

–Después de que hubiese pasado dos años en la cárcel por apropiación indebida y fraude.

–¿Fuiste a la cárcel? –preguntó él con una opresión gélida en el pecho–. ¿Por fraude?

Ella asintió con la cabeza y con lágrimas en los ojos. Él no podía respirar, estaba paralizado. Lo habían traicionado otra vez y en esa ocasión había sido la mujer a la que amaba. Sí, ya podía reconocer que lo que sentía era amor porque no había nada más que pudiera describir sus sentimientos.

–Me mentiste.

–Sí –reconoció ella en un susurro.

–Conspiraste con un delincuente para defraudar y luego te abriste paso hasta mi empresa y mi cama para repetirlo todo. Estabas ayudándolo a hundir mi empresa y poniendo en peligro el sustento de miles de personas –le reprochó desgarrado por el dolor.

–¡No! Escúchame, por favor. No lo hice, jamás te haría algo así.

–¿Desde cuándo estáis Landers y tú metidos en esta conspiración?

Ella estiró los brazos hacia él como si fuese una súplica.

–No hay ninguna conspiración, Sakis. Créeme, por favor.

–¿Que te crea? Es un chiste, ¿verdad? ¿Desde cuándo, Brianna?

El remordimiento se reflejó en su rostro y él se sintió como si se hiciera añicos por dentro.

–Lo sé... desde la última noche en Point Noire.

–¿Lo confiesas ahora? ¿No sabías que los investigadores os encontrarían antes o después?

–Quise decírtelo, pero no quería perderte –contestó ella con angustia.

La risa despiadada de él le desgarró el pecho.

–¿No querías perderme e hiciste la única cosa que conseguiría que me perdieras? Es increíblemente estúpido para una mujer que me había parecido inteligente. ¿Cuál era el plan?

–Greg quería información para la adquisición hostil; porcentajes de participaciones, información personal sobre los miembros del consejo...

–¿Le diste esa información? –preguntó él agarrándose con rabia al borde de la mesa–. Dime la verdad porque lo averiguaré.

–¡No! No lo haría jamás –ella se tragó un sollozo–. Ya sé que es muy tarde para que me creas...

–¿Qué esperabas recibir a cambio? –la interrumpió él en un tono implacable.

–¡Nada! Greg estaba chantajeándome. Descubrió que

me había cambiado el nombre y me amenazó con divulgarlo.

–Claro, y ahora me dirás que la primera vez también cargaste con las culpas.

–¡Sí!

–¿Quieres decir que un jurado no te consideró culpable y un juez no te sentenció?

La rabia estaba adueñándose de él y lo agradeció porque hizo que se sintiera vivo.

–Me juzgaron y sentenciaron, pero Greg lo había manipulado para que yo cargara con la culpa.

–¿Cómo?

–Firmé unos documentos y...

–¿Te obligó?

–¿Qué...?

–Firmaste unos documentos que, supongo, te incriminaban. ¿Te puso una pistola en la sien?

–No, me engañó.

–¿Pretendes que me crea que la asistente inflexiblemente eficiente que ha trabajado conmigo durante año y medio firmó unos documentos sin leerlos tres veces? Doy por supuesto que estabas enamorada, ¿te creías todo lo que decía?

Ella se arrugó, pero no dijo nada. Sakis se alegró de que la rabia hubiese acabado con cualquier otro sentimiento porque si no, habría sentido la desolación de ese silencio. Efectivamente, la mujer a la que amaba... amaba a otro hombre. Rodeó la mesa y llamó al jefe de seguridad.

–Dame tu teléfono –le ordenó él después de colgar.

–¿Qué...? –preguntó ella con el ceño fruncido.

–Tu teléfono. Sé que lo llevas en el bolsillo. Dámelo.

Ella, aturdida, obedeció.

–¿Qué vas a hacer con él?

Sakis lo tiró al cajón de la mesa, lo cerró y se guardó la llave en el bolsillo.

–Por ahora, es una prueba de tu traición. Se lo entregaré a la policía cuando llegue el momento.

–¡No! Sakis, por favor. No puedo... No puedo volver a la cárcel.

Aunque creía que ya no podía sentir nada, el espanto que vio en sus ojos lo atravesó como una daga y miró su cicatriz en la cadera.

–Esa herida te la hicieron allí, ¿verdad? –preguntó él con otra punzada de dolor.

–Sí. Me atacaron.

Se giró hacia la ventana para que ella no viera que cerraba los ojos y contenía la respiración. Con alivio, oyó que llamaban a la puerta y se dio la vuelta con las manos en los bolsillos cuando Sheldon entró.

–Acompaña a la señorita Moneypenny y móntala en el mismo avión que el resto de los empleados. Quiero que esté vigilada las veinticuatro horas hasta que yo hable contigo. Si intenta huir, puedes impedírselo físicamente y llamar a la policía. ¿Entendido?

–Sí, señor –contestó Sheldon sin salir de su asombro.

–Sakis, ya sé que no me crees, pero, por favor, ten cuidado. Greg es un malnacido escurridizo.

Él no se dio la vuelta.

–¡Sakis!

El tono suplicante fue doloroso, pero la traición era demasiado profunda. Aun así, la miró por última vez. Estaba pálida y los labios le temblaban, pero los ojos, a pesar de la súplica, tenían un brillo de condena que hizo que apretara los puños dentro de los bolsillos. No supo cuánto tiempo estuvo así, pero cuando se abrió la puerta, se dio la vuelta como si estuviese congelado.

–¿Todo va bien? –preguntó Ari mientras entraba con Theo pegado a los talones.

–No, nada va bien.

–Es una pena, hermano, porque se ha armado una gorda.

Capítulo 12

SE LEVANTÓ de la cama y fue a la ventana esperando un milagro, aunque sabía que era inútil. Efectivamente, la furgoneta negra con el vigilante de Sakis seguía donde llevaba tres días. No se molestó en mirar por la ventana de la cocina porque sabía que vería otra furgoneta en el callejón. Aun así, fue a la cocina, puso a calentar agua e intentó respirar a pesar del dolor que se había apoderado de ella desde que salió del despacho de Sakis en Grecia.

«Me mentiste». Esas dos palabras habían destrozado su mundo. Sakis siempre la vería como la mujer que había llegado hasta su cama solo para traicionarlo, sobre todo, cuando ella sabía las mentiras y traiciones que le habían arruinado la infancia. Fue a sacar una taza del armario cuando oyó la puerta de un coche que se cerraba de golpe. Se oyeron varias más y dejó la taza para acercarse a la ventana. Estuvo a punto de reírse cuando vio a un paparazzi agarrado al borde de la plataforma de una grúa que se elevaba hacia su ventana, pero cuando apuntó la cámara hacia la ventana, ella se tiró al suelo y oyó que la llamaba por su nombre.

–¿Tiene algo que comentar sobre la demanda contra usted, señorita Simpson?

Se arrastró hasta el pasillo justo cuando alguien llamaba al timbre. Sintió un dolor desgarrador al darse cuenta de que Sakis la había arrojado a los lobos. Aun así, se negaba a esconderse como una delincuente y a quedarse atrapada en su propia casa. Tenía derecho a defenderse. Apretó los dientes y fue a su cuarto sin hacer caso a los timbrazos. Se puso lo primero que encontró, agarró el bolso, se pasó un cepillo por el pelo y salió antes de que los vigilantes pudieran pararla.

–¡Señorita Moneypenny, espere!

Se dio la vuelta y se encaró a ellos en lo alto de la escalera.

–Si me ponen un dedo encima, seré yo quien llamará a la policía y los acusaré de agresión.

Sintió un arrebato de satisfacción cuando retrocedieron y bajó apresuradamente las escaleras. Ellos la siguieron, pero no hicieron nada para retenerla y un millar de flashes la cegaron cuando salió a la calle. También le preguntaron lo mismo que el paparazzi de la grúa, pero ya sabía que nunca había que contestar a las preguntas de la prensa sensacionalista. Se abrió paso entre el gentío y siguió hacia la calle comercial que había a doscientos metros. Cuando oyó un motor detrás de ella, ni siquiera se dio la vuelta.

–¿Puede saberse qué haces exponiéndote a los paparazzi? –le preguntaron mientras la agarraban con fuerza de los brazos.

A ella se le paró el pulso y se quedó sin poder respirar por el dolor y el placer de verlo. Lo echaba de menos, pero se acordó de la última vez que se vieron y se soltó.

–Nada que ya sea de tu incumbencia, Sakis.

–Espera, Brianna –él volvió a agarrarla del codo.

–No. ¡Suéltame!

Ella consiguió zafarse y se alejó un poco, pero él la alcanzó inmediatamente.

–¿Mi equipo de seguridad no te avisó de que la prensa iba por ti?

–¿Por qué iba a haberlo hecho? ¿Acaso no era lo que querías?

–No –contestó él tendiéndole una mano temblorosa–. Yo no he tenido nada que ver. Brianna, por favor, acompáñame. Tenemos que hablar –añadió él apremiantemente.

–Jamás. Ya dejaste muy claro lo que sentías por mí y... –Brianna dejó escapar un grito cuando Sakis la metió en la limusina–. ¿Puede saberse...?

–Cada vez hay más paparazzi y mi equipo no podrá contenerlos mucho tiempo. Además, tengo que hablar contigo. Por favor –insistió él con la voz entrecortada.

Ella abrió la boca para arremeter contra él, pero volvió a cerrarla. Al mirarlo con detenimiento, vio que tenía ojeras y unas arrugas profundas a los costados de la boca. Asombrosamente, se le encogió el corazón, pero, aun así, se apartó y apoyó la espalda en la puerta.

–Tienes dos minutos, luego, me bajaré de este coche.

El coche se puso en marcha y medio minuto después llegaron al patio de un colegio, donde estaba un helicóptero que ella conocía muy bien.

–¿Has aterrizado en un colegio en medio de Londres? –preguntó ella bajándose del coche.

–Esto no es el centro de Londres y el colegio está cerrado por vacaciones. Pagaré la multa que me pongan y si tengo que ir a la cárcel, habrá compensado.

–¿Qué habrá compensado?

Él no contestó y se limitó a abrir la puerta del helicóptero. Ella se montó y él la siguió. Fueron en silencio hasta la torre Pantelides y tampoco hablaron en el ascensor.

–¿Qué estoy haciendo aquí, Sakis? –preguntó ella cuando llegaron al ático.

Él cerró los ojos un segundo y ella se acordó de que le había dicho que le gustaba que dijera su nombre. Sin embargo, eso había sido una ilusión y él la había apartado de su vida sin reparos.

–¿Adónde ibas cuando saliste de tu apartamento?

–Eso no te importa. Ya no puedes dirigir mi vida, Sakis. Adelante, rebatiré todas las acusaciones que presentes contra mí y si pierdo, mala suerte, pero, de ahora en adelante, yo controlo mi vida.

Ella se detuvo con la respiración entrecortada y Sakis la miró antes de mirar el móvil que había sacado del bolsillo. Ella, aunque tardó un poco, se dio cuenta de que era su móvil.

–¿Qué haces con eso? Creía que ibas a entregárselo a las autoridades.

–No lo hice después de lo que vi.

–¿Qué...? ¿Qué viste?

Él se acercó con el arrepentimiento y la desesperanza reflejados en los ojos.

–Vi esto –contestó él con la voz temblorosa y mostrándole la pantalla.

Puedes irte al infierno, Greg. Ya me engañaste una vez para que cargara con la culpa de algo que hiciste tú. ¿Ahora quieres que traicione al hombre que amo? Ni lo sueñes.

Ella levantó la mirada con el corazón desbocado.

–¿Y qué? No deberías creerte todo lo que lees. Podría haberlo mandado para despistarte.

–Entonces, ¿por qué me previniste contra él?

Ella se encogió de hombros.

–Brianna, Greg confesó que te presionó para que firmaras los documentos que utilizó para desviar fondos a su cuenta en un paraíso fiscal.

–¿Ha confesado? ¿Por qué? –preguntó ella sin dar crédito a lo que había oído.

–Se enfrenta a denuncias en tres países por sobornar a Lowell para que accidentara el petrolero. Le dije que retrasaría la denuncia en Grecia si me daba información útil. Me dio las fechas, cantidades y códigos de sus cuentas en las islas Caimán y confesó que te había engañado para que lo ayudaras a sacar el dinero.

–Entonces, ¿me crees?

–Perdí el tiempo sintiendo lástima de mí mismo y Landers pudo dar tu nombre verdadero a la prensa sensacionalista, pero no debería haber dudado de ti en ningún momento.

–La verdad es que no me importa que se sepa quién era y, dadas las abrumadoras evidencias, tendrías que haber sido un santo para no dudar de mí.

Él tiró el teléfono y se acercó a ella. Fue a agarrarla, pero se puso las manos detrás de la nuca.

–Pues debería haber sido un santo. Lo que te hizo él... Lo que te hice yo... Me sorprende que aceptaras venir aquí.

–En realidad, iba a venir aquí –reconoció ella.

–¿De verdad? –preguntó él sin disimular la sorpresa y la esperanza.

–No te emociones, Sakis. No iba a venir a suplicarte, venía a vaciar la mesa o a que alguien de seguridad me la vaciara si tenía prohibido entrar en este sitio sagrado.

–Nunca lo tendrás prohibido, Brianna.

–No hace falta que me llames así. Ya sabes quién soy.

–Siempre serás Brianna para mí. Ella es la mujer de la que me enamoré, la mujer que tiene más fuerza e integridad en su dedo meñique que nadie que yo conozca, la mujer que deseché estúpidamente antes de que pudiera decirle lo mucho que la amo.

Las piernas no le sujetaron más y Sakis tuvo que agarrarla antes de que cayera en el sofá. Cayeron los dos juntos. Ella estaba boquiabierta y él dejó escapar un gruñido.

–Ya sé que fue imperdonable, pero quiero intentar resarcirte. Solo tienes...

–Me amas...

–...que decir lo que quieres y te lo daré. Ya he retirado la demanda y...

–¿Me amas?

Él se calló y asintió con la cabeza, pero lo que más la impresionó fue la veneración de sus ojos.

–Te amo más que a nada en el mundo y te necesito. Haré lo que sea para recuperarte, *agapita.*

–¿Qué quieres decir?

–¿Qué quiero...? ¡Ah, *agapita*! Quiere decir «querida».

–Pero me lo dijiste antes incluso de que nos acostáramos. El día que me llevaste a comer tortitas.

–Creo que el subconsciente ya estaba diciéndome lo que sentía.

–¿Cuándo te diste cuenta conscientemente? –preguntó ella acariciándole la mejilla.

–En Grecia, cuando tuve que aguantar las burlas de Ari y Theo y reconocí que no quería vivir sin ti. Pensé decírtelo después de la fiesta.

–Repítelo ahora.

Él lo repitió, la besó arrebatadoramente y se separó un poco. Ella captó una vulnerabilidad en su mirada que no había visto nunca.

–¿Podrás perdonarme alguna vez lo que te he hecho?

–Intentaste averiguar la verdad. Podrías haberte marchado y condenarme, pero volviste y te conté mi pasado, lo que pasó con mi madre, y no me juzgaste ni hiciste que me sintiera indigna. Te amé por eso, más incluso que cuando mandé a Greg ese mensaje.

Sonrió al ver el asombro de él y lo besó apasionadamente antes de que volviera el macho dominante. Cuando se apartó, ella dejó escapar un gruñido de descontento.

–¿Tienes preparada una de esas bolsas de viajes imprevistos? Si no, nos apañaremos, pero tenemos que marcharnos.

–Sí, pero...

Él se levantó y fue a la suite de ella antes de que pudiera terminar. Volvió al cabo de unos segundos con dos bolsas en las manos.

–¿Adónde vamos? –preguntó ella mientras se alisaba la ropa.

–He cerrado mi agenda durante un mes. Creo que hay un chalé suizo esperándonos.

–¿Crees que un mes será suficiente? –pregunto ella provocativamente.

Él volvió a besarla hasta que se quedaron sin respiración.

–Ni mucho menos, pero es una buena manera de empezar.

El fuego crepitaba en la enorme chimenea mientras Sakis le daba ostras directamente de la concha. Ella arrugó la nariz por el sabor.

–No te preocupes, ya te acostumbrarás al sabor.

–No creo que me acostumbre. No me importa reconocer que es una causa perdida para mí.

–Me alegro de que no me consideraras una causa perdida.

–¿Cómo iba a hacerlo si te enfrentaste al consejo de administración por mí? ¿Te costó mucho impedir que me crucificaran?

–Estuve a punto de dimitir, pero cuando expliqué que te merecías toda la confianza porque habías salvado a la empresa de otra caída en el mercado, todos estuvieron de mi lado.

–¿La salvé? –preguntó ella con los ojos como platos.

–Sí. Al contarme lo de Greg, ahorraste mucho tiempo

a los investigadores y fue fácil encontrarlo escondido en Tailandia con Lowell. ¿No viste la noticia de su detención?

–Sakis, casi no podía ni comer. Arriesgarme a verte en las noticias era demasiado.

–Lo siento.

Ella lo besó y vio que le ponía más comida en el plato.

–Con eso puede comer un regimiento. Yo no puedo comérmelo.

–Inténtalo. Me espanta oír que no comías por mi culpa. Vi a mi madre consumirse por no comer después de lo que le hizo mi padre.

–Sakis...

–Come, *agapita*, y dime que me perdonas.

–Te perdonaré lo que sea si sigues llamándome eso.

Después de que hubiese comido, la tumbó sobre la alfombra y la besó por todo el cuerpo repitiendo la palabra hasta que ella sollozó de deseo. Después de hacer el amor, le secó las lágrimas y le besó los párpados.

–Te he hecho llorar de felicidad y sin tortitas... Eso, *agapita,* es lo que llamo un buen resultado.

* * *

Podrás conocer la historia de Arion Pantelides el próximo mes en el segundo libro de la serie *Griegos indomables* titulado:

EL DULCE SABOR DE LA INOCENCIA